最後書

苦苓的餘生日記

著——苦苓

編輯序

第一次讀到日記，是在二〇二一年一月二十六日的下午。那天下午作家剛好北上，我們約在臺北車站碰面。其實也沒說具體要談些什麼。不過前一個月，他才因健康因素取消三場《煩事問莊子》新書講座，當時我還不知道具體原因，於是對我而言，見面只想關心其近況。

比預定時間稍早，我抵達臺北車站咖啡廳，並傳訊告知。沒多久就收到即將抵達的訊息回覆，並傳來一篇文章讓我先看看。我收到的是「元旦日記」，看了首段，感覺瞳孔放大：「新年的第一天，我帶著肝臟中的十四．五公分腫瘤，和超過四百萬個B肝病毒，努力的活下去。」讀完日記，記得我回：「這是小說嗎？我希望它是一本小說。」（直到現在，我仍不知這樣的回覆是否恰當，但我至今仍想不到適當的文字回覆。）

沒多久，苦苓大哥來了。在那個人聲嘈雜的咖啡廳裡，我追問許多當事人可能早已經歷過的無數次拷問：「什麼時候發現異狀的？」「去看醫生了嗎？醫生怎麼說？」「最近身體狀況好嗎？」「家人朋友都知道了嗎？」只見他平靜且不時帶著幽默的回答我連珠砲的提問，彷彿我比他焦慮十倍。

很多事在發生後已成既定事實，它不會因為我們的慌張失措或懊悔不已而改變，就像苦苓大哥身上的腫瘤與病毒，也不會因為我的擔心焦慮而消失無蹤。況且當事人勢必經歷我們難以想像的內心煎熬，各種可能的解方肯定也諮詢嘗試過。分開後，我陸續收到其他篇日記，每看完日記便有些感想，寫下讀後感回信。只是當時，我並不曉得這些回覆對他的意義，直到我看了這本書的後記。

我很喜歡這些日記（倒不是我愛窺探他人隱私），從日常瑣事著眼，旁及人生哲學、自然科學等思維，讀來很有感觸。如首篇日記提到，作家深受耳鳴之苦，但醫生表示，已過治療期，勸慰病人只能與之「好好相處」。乍聽無奈，但其實人生何嘗不是如此？家庭、職場、生活總有不如意處，而這些無法輕易改變之處，與其哀怨度日，何不換個想法與之共處？第二天的日記作家更進一步談到與苦痛共處的方式：「人的感受會互為消長，能讓某一種感受多一些，原先（尤其是不好的）的感受就能少一些，或至少晚一些才來報到。」日常的苦痛不會驟然消失，但透過注意力的轉移，或許能減少不愉快的感受，也會讓我們生活好過一些。

此外，一些日記偶有哲學思辯的味道，像是探討人的存在論，人到底怎麼樣才算存在於世呢？作家透過唯心、唯物論的角度，申論現代人存在的意義。存在本身就是個很弔詭的命題，以唯物論觀之，人生於世，就是一種存在；但若以唯心論來看，假設世上無人知曉此人存在，或此人忘了自己的過去，或此人的過去都蕩然無存，那麼此人是否真的存在過呢？所以現代人在浩瀚的網路世界，透過文字、影像亟欲證明自己的存在，但有時鑿斧太深，留下難以癒合的傷痕，所以作家不免感嘆：「難怪有人不擇手段、有人幹盡傻事，無非也就為了被看到、被聽到、被承認自己的存在而已。」

人類是群居的動物，每個人都希望被別人肯定，也特別在乎他人的目光，而在這網路時代，我們更會在意有多少人來臉書按讚，有多少人給我們負評，而這些人與我們素昧平生，透過網路連結，每個陌生人都成了舉足輕重的存在。於是作家在日記中寫下：「原本跟我們八竿子打不著的人，都變得有分量、有影響力，甚至牽扯到我們的喜怒哀樂、恩怨情仇了。在資訊氾濫、資訊爆炸、資訊超量負載的時代，人要怎樣在無數的電磁波中找到自己、確認自己的位置，的確是一件不容易的事。」

這些探討網際網路裡人類存在的諸多叩問，似乎也呼應時下熱門的「元宇宙」議題：我們在社群有自己的名字、身分帳號，也有人際交友圈，所以每個人早已生存在Meta世界裡了，而我們判斷一個人的生死或好壞，很多時候可能是看對方在FB或IG留下的隻字片語。作家話鋒一轉，寫到了「現代老大哥」的可怖之處，「這個時代要『殺人』實在太容易了：既然大家都依賴社群平臺而互相聯繫、而工作生活、而證明自我，那麼專制者只要掌握了這個平臺，就可以輕易『滅』了一個人！」原來《一九八四》不只是經典小說，更是跨時代的預言。

這本日記寫下作家對日常周遭的體悟、對現狀的哲學式思考，以及對大自然的觀察，還有對人類的反思。除了巨觀看世界與社會的俯瞰角度外，這本書的自我微觀，也有可讀之處。這本書真誠不虛構的記錄了作家深陷大小疾病的痛苦、掙扎、無奈以及坦然，透過日記，我們得知他深受肝腫瘤、失眠、憂鬱症、耳鳴等大小病痛侵擾，而隨著時間推移，我們也可讀出其生理與心理變化：時而消沉，時而豁達，卻不故作堅強，面對病痛時，他一樣會脆弱、會無助、會憂鬱，甚至有了逃避離世的想法……在苦痛的日常下，他更以不同觀點詮釋何謂「敬重生命」。而透過作家的深度自剖，讀者更可看到一個有別於螢光幕上能言善道、口才凌厲的形象——原來私底下的他下十分封閉，討厭人多的場合，更討厭應酬的話語，因為是工作「個體戶」，他沒有同事，也沒有上司，所以交友圈不如我們想像中廣闊。透過這些深度自剖，相信也會顛覆大家對「苦苓」的印象。

這本日記，是作家的自我療癒，更是苦苓的私密記錄。從道德面來看，公開似乎有些爭議，更別說出版成書供大眾閱覽、評頭論足了。但正如作家自承，這是一本「救命之書」，在書寫的過程中，他透過自我檢視，不斷與自我對話，得到了救贖，離苦得樂。這樣的一本日記，從出版編輯的角度觀之，當然值得出版——以出版類別來看，它其實就是一本「勵志書」。我相信每個人在閱讀這本日記時，都能從中自我觀照，並有許多寶貴的收穫——就像我初看這本日記時有一樣的感受。

最末，畫蛇添足一下。這本書是時報出版「苦苓作品集」的第十三本，但作家說，這是「最後書」，所以我初聽這書名時，內心其實有點點抗拒。（請您想想，有哪個編輯聽到作家說，手上的作品是最後一本時會高興的？）作為他在時報出版社「復出」第一本書的責任編輯，相識、合作十多年，意見相左也在所難免，畢竟就算夫妻，也偶有齟齬。但所有意見溝通都是如此：求同存異、達成共識。所以我在細想後，很能理解他的想法，也尊重這個書名。畢竟寫這本書時，苦苓大哥想的是自己的「餘生」，但我看到的是他的「重生」；面對腫瘤、病毒、大小病痛侵擾，他感受到的是絕望的「最後」，作為讀者的我，期盼的是希望的「癒後」。因此，藉由最後一段，抒發編輯讀後感：竊以為，其實書名即使調整兩個字似乎也能成立——「最、餘」改成「癒、重」，亦即《最後書：苦苓的餘生日記》改成：《癒後書：苦苓的重生日記》，或許也是另一種觀看本書的角度。讀者們看完手上這本書，也歡迎至苦苓大哥臉書分享閱讀後的想法，相信他會非常高興看到您們的慷慨回饋。

目錄

Jan

Mar

Aug

Jul

Sep

Oct

青天霹靂的消息

2021/1/1

天氣晴

我的身體也是在我自以為健康的時候，忽然向我「全面宣戰」，似乎在不知不覺之間，體力就變差了，經常精神不濟，身上也常出現莫名的痠痛。

新年的第一天，我帶著肝臟中的十四．五公分腫瘤，和超過四百萬個B肝病毒，努力的活下去。

想想自己真是個自大狂：這輩子都覺得自己身體不錯，上山下海，出國遊玩，一日來回北高上電視通告，似乎從來沒有力不從心的感覺。大多數上了年紀的人擔心的「三高」或是心血管疾病，我好像也沒有半點徵兆，再因為媽媽已經八十六歲，我更堅信自己可以長命百歲（聽說壽命長短的基因，是來自母親，所以如果令堂大人長壽的話，理論上你也可以活得滿久的)。

不過斯斯有兩種,長壽也有兩種:一種是老當益壯,這個當然最理想;另一種是風燭殘年,那就真的不知道活得久是不是一種好事了?

雖然俗話說「好死不如賴活」,但如果活著卻毫無精力,甚至全身病痛,那真的不知道到底該不該在這個世界上「賴」下去……

我的身體也是在我自以為健康的時候,忽然向我「全面宣戰」,似乎在不知不覺之間,體力就變差了,經常精神不濟,身上也常出現莫名的痠痛。本來我也不以為意,覺得只是所謂的男性更年期,畢竟我也不折不扣超過六十五歲,已經是一個「合法」的老人了。

但情況似乎不只是這樣:容易累還可以多休息,反正我的工作多半是「應召」,真的不行那少接點通告就是了。但真正困擾我的是耳鳴:耳邊好像有綿綿不絕的蟬叫聲,有時甚至會忽然提高音量,簡直就是「吵死了!」去看醫生,說是已經過了黃金治療期,叫我只能跟這個耳鳴的現象「好好相處」。

然後是嘴巴忽然莫名的冒出鹹味,從早到晚,越來越鹹,簡直就像嘴裡含著一個鹽塊——雖然要不了命,卻非常困擾,整天都有不舒服的感覺。去看醫生,而且看了幾個醫生,都說「沒聽過這樣的」,叫我只能跟這個嘴鹹的現象「好好相處」。

哇哩咧！這樣豈不是得了兩個治不好的「絕症」？拜託喔，已經是二十一世紀了，人類的醫學如此進步，幾乎都可以起死回生（或者不要那麼誇張的說：醫生如果不讓你死，你大概就死不了，必須得活著）了，竟然要我乖乖接受這兩個身體上的痛苦，好吧，說痛苦也許有一點誇張，那說困擾可以吧？每天二十四小時（如果兩個困擾相乘，就算四十八小時了，扣掉睡覺時間也還有三十幾個小時）讓我這樣不舒服，啊是叫我怎麼活下去？

可是這兩件事又怎麼發展成腫瘤和病毒的？這很令人好奇吧！不過別忘了我現在是病人（自白：誰管你？），體力不濟，精神有限，一天不能講太多，但是「君子一言，駟馬難追」，我如果能夠活到明天的話，保證把事情的來龍去脈講清楚。就讓我們互相保重吧！

死不苦，痛才苦

2021/1/2

天氣晴

看來最可怕的還不是死，因為死就死了，不管接不接受你也跑不掉，而且死就是那一呼一吸之間，為時似乎也不會太過漫長；而病痛卻是分分秒秒、無休無止的，難怪會讓人覺得更苦。

總算「熬」過了新年的第一天——真的是熬，因為身心都不舒適，所以日子不是用「過」的，就是看著一小時、一小時的過去，直到長日將盡、夜幕降臨，一天快要結束為止。

真的有這麼嚴重嗎？如果會這樣問，那表示你一定沒經過什麼大的病痛，所以不會覺得日子「難過」。如果要說「度日如年」是有一點誇張，但是迫不及待的想要結束一天，看來真不是一種健康的心理——啊我就不健康的人啊，不然咧？

昨天其實還算好過的：因為家裡來了兩個晚輩，就邀他們打麻將。平常要湊四咖總是湊不齊，即使像我這樣生平沒有打過麻將，硬是勉強學會就為了「成全」大家，但經常會「三缺一」結果還是一樣打不成（這種遊戲簡直就是在教導人們：你非要合群不可，嘿嘿），今天難得有兩個會打麻將的自動送上門來，豈可錯過？

之前幾次打牌，我都是帶著扮演「橋梁」的心態，最主要是讓大家玩得成，自己贏不贏並不重要，反正打的是最低消的十元二十元，玩上四個小時再怎麼輸也很難輸到五百元，反而是大家嘻嘻哈哈就度過了愉快的半天，比起各自拿著手機沉浸在自己的世界裡，這個活動算起來是比較「健康」的。

通常四個小時打下來，我如果能「胡」三次，再加上一次「自摸」，就自己覺得表現良好，算是「功德圓滿」了。昨天手氣卻特別好，贏的次數達到兩三倍多，一高興起來既忘了有耳鳴，嘴巴好像也不特別鹹了，更沒有體力虛弱的感覺……真是「一切唯心造」，看來如果每天都有人陪我打麻將，我的日子應該好過得多。

那除非去住養老院，或者找看看附近有沒有賭場吧？但養老院也不見得天天有麻將打，賭場也不會接受我這種「超低額」的賭客——而且萬一被抓了搞不好又要上媒體，這麼老了再丟臉一次我可禁受不起。

打完麻將天已經黑了，興奮的情緒自然也逐漸消退，耳鳴和嘴鹹這兩位「殺手」又開始來找我了，好在可以忙著訂外送、吃晚餐、洗澡泡澡然後看影集，總之只要能「轉移注意力」，就不覺得那麼苦了。

所以結論是：人的感受會互為消長，如果能讓某一種感受多一些，原先（尤其是不好的）的感受就能少一些，或至少晚一些才來報到。

其次就是：苦真的很難受，難怪《心經》*裡面「度一切苦厄」和「能除一切苦」這兩句在某些版本裡是沒有的，也因此被人懷疑是後來加上去的——因為既然都說「無苦集滅道」了，那幹嘛還需要度過苦、除去苦呢？

搞了半天，原來「生老病死」看來最可怕的還不是死，因為死就死了，不管接不接受你也跑不掉，而且死就是那一呼一吸之間，為時似乎也不會太過漫長；而病痛卻是分分秒秒、無休無止的，難怪會讓人覺得更苦；而且病痛如果治不好，那也就等於在宣告離死亡更近了，簡直是相加相乘的痛苦集於一身。

喂，這樣子會不會太悲觀了？

如果你有像我這樣兩種日日夜夜、難以治癒的「症狀」，又有十四．五公分的腫瘤和四百萬隻病毒在身上，請再來評價我是不是太悲觀——很多事情如果沒有親身經歷，我們通常也不過都是在「說大話」而已。

我沒有大話可說了，只能說實話，至於昨天提出的問題，因為打麻將占了太多篇幅，照例我的「電量」又不足了，如果能「熬」到明天的話，再向各位報告吧！告退先。

注：《般若波羅蜜多心經》，又稱《摩訶般若波羅蜜多心經》，簡稱《般若心經》或《心經》。

誰想當抗癌勇士？

2021/1/3
天氣仍然晴

病痛找上你，也就是命運找上你，那是逃也逃不掉的，你奮力反抗也好，聽天由命也好，總之人生的劇本早就寫好了，只是你無法偷看……

新年的第三天，客人也都走了，開始打掃家裡。

我依照太太Jessy的指示，將拖把包上黃色毛巾，開始拖家裡的地板。原本看來很乾淨，甚至可以說是一塵不染的地板，用力拖了之後居然發現毛巾很髒，那也就說明地板很髒。

原來要做了清潔之後，才會發現骯髒；就像做了檢查之後，才會發現不健康（我有必要這樣虧自己嗎？但是生平虧慣了別人，虧虧自己也是公平的）。

黃色的毛巾很特別，雖然吸附了很多髒汙，但是用力搓揉之後（而且沒有使用任何清潔劑喔），它又恢復了乾淨，可以再用來拖地板、再把骯髒「抓出來」，對於不很常做家事的我（真是對不起Jessy，以後我會更多做家事的，反正我也沒什麼事好做了）來說，還滿有成就感的。

但是即使拖地板也是要費力的、也是會累的，以前也不是沒做過類似的事，不知道是這一次特別賣力，還是身體真的太「虛」，在冬天裡竟然做到流了汗。不由得想到大樓的清潔人員，他們可是要從地面的第一層，一直拖到頂樓的第三十層，雖然好像一共有五六個人，但是社區總共有三棟大樓，相信每個人拖地板的面積應該是我的好幾十倍……而且是日復一日不斷的做，簡直就像薛西弗斯在滾石頭一樣（欸，有沒有舉錯例子？原諒我是中文系的，不然說「精衛填海」我是比較有把握，但是接受度如何就不知道了）——這樣講是不是有點假惺惺，好像是對勞動群眾很有同理心的樣子？其實沒有耶，我真的只是慶幸自己沒有那麼辛苦，所以每次遇見他們都會親切的打招呼，他們也回應得很自然，或許並不那麼覺得自己的工作是沉重的負擔，可能是我自作多情了。

本來人就是在自作多情，我們哪曉得別人真的是怎麼想的？就像媒體報導罹患癌症的人，總說他們是「抗癌勇士」，那到底是得了癌症沒有死的算是勇士，還是得了癌症死掉的算是勇士？其實不管你抗不抗它，那些腫瘤就是在你身體裡高高興興的長大、流竄、攻城掠地……基本上就是一群土匪，你可以拿大炮轟他（例如化療、放療），就像屋裡有一隻老鼠一樣，轟炸之後或許老鼠會死，但是房子也只剩下殘垣斷瓦；更慘的是房子垮了，老鼠卻又從別的地方跑出來，讓人徒呼負負（這句太難嗎？自己Google！）。

當然也有人建議跟腫瘤和平相處（又來了！），問題是這些土匪占據的是你的家園，他們要吃要喝，不找你要、找誰要？所以你還是供給者：如果你夠「有料」，他們吃的也不多，或許還能苟延殘喘、倖免於難；否則時間到了一翻兩瞪眼了，也由不得你當不當勇士。

可不可以這樣說：其實沒有人想當勇士，尤其勇士跟烈士根本是一線之隔，非死即傷——就不許我與世無爭、安養天年嗎？其實問這種問題有夠阿Q的，病痛找上你，也就是命運找上你，那是逃也逃不掉的，你奮力反抗也好，聽天由命也好，總之人生的劇本早就寫好了，只是你無法偷看（咦？這一句好耳熟，是不是什麼大人物說過的？借用一下，請多多包涵）。

不要說一年之前，就算一個多月之前，我也沒料想到自己的處境會變成這樣，到現在也還沒有想出適切應對的方式，也還是只能過一天算一天、過一小時算一小時，等我找出了「自處之道」，再來跟大家分享——呸、呸，誰要跟你分享病痛的經驗？

當然啦！最好是用不到，但是萬一有用到，也算是我對這個無情世界（不能這樣講，其實這個世界對我是不錯的，我必須老實承認），更正，對這個有情世界盡的一點點力量吧！

刷存在感

2021/1/4

天氣繼續晴

在資訊氾濫、資訊爆炸、資訊超量負載的時代，人要怎樣在無數的電磁波中找到自己、確認自己的位置，的確是一件不容易的事。

新年開工日，今天錄了三集、每集各二十分鐘的Podcast。一集是「自然」，講捲葉象鼻蟲；兩集是「讀書」，講的是「蔣介石與汪精衛的大恩怨」（連講兩集都沒講完，我真是個多話的傢伙，明天再錄最後一集），最主要是「漢奸」、「賣國賊」這個名詞，在目前這個敏感的時刻，變得尤其敏感：不想打仗就要和談，但是和談會不會變成投降，這就很難講！

我也不知道講這些到底有多少人聽，又到底有多少人愛聽，但對我這個「全面退休」的病人來說，這算是目前唯一的工作了，也只有做這件事，讓我有一點「存在感」。人真是個麻煩的東西，噢對不起，人不是東西，咦？這樣好像又在罵人了，真的不是我的本意。我的意思是說人存在就存在了，卻還需要由別人來給他存在感，能夠完全離群索居、凡事自給自足的人畢竟不多，人類終究是群居的動物，所以別人「看不看得到你」、「用什麼眼光看你」甚至「是不是看你很重要」就變得很有關係了、大家都很在意了。

所以我們會在乎別人是不是「已讀不回」，會在意有多少人幫我們「按讚」，更在意別人是支持我們的想法或是給我們負評，甚至不惜在網路上跟陌生人唇槍舌劍……這些其實原本應該是沒有意義的，否則沒有網路的時代，人又是怎麼活著的？問題是我們已經習慣了由別人來「定位」我們，別人的意見變得對我們那麼重要——這樣說來，就「做自己」這個目標來說，其實大多數人都是在開倒車、越活越回去了。

當然，所有的文明發展，尤其是便利的科學文明，那都是「回不去」的。我們其實已經不知不覺被網路綁架了、被手機綁架了、被社群媒體綁架了……沒有幾個人還能想像：活在沒有Wi-Fi的日子裡。

所以，原本跟我們八竿子打不著的人，都變得有分量、有影響力，甚至牽扯到我們的喜怒哀樂、恩怨情仇了。在資訊氾濫、資訊爆炸、資訊超量負載的時代，人要怎樣在無數的電磁波中找到自己、確認自己的位置，的確是一件不容易的事。

就拿這個Podcast來說，任何人坐在家裡，只要有一隻麥克風、一臺電腦（而且都不必很高級的，如果你像我一樣不太自我要求的話），你就可以將自己變成一座廣播電臺，把你想說的話向全世界宣告，沒有人會阻止你，也沒有人來檢驗、查核，你的力量真的是「無窮大」。

但也是「無窮小」，等一下，大可以無窮，小也可以無窮嗎？我是中文系的，物理不太好，如果小不能無窮，那就說「非常小」（聽起來有點像罵人吼？）。

因為你固然可以說話，但條件既然這麼簡單，其他成千上萬，不，成萬上億的人也都可以說話，於是各種Podcast越來越多、越來越多……在那麼多音源裡面，要有人聽到你的聲音，豈不就如同大海撈針？你儘管說你的，但除了親戚好友，你可能沒辦法逼任何人去聽——所以你說了，就以為你存在；但如果沒人聽，你還是不存在。

啊！原來「刷存在感」是一件這麼困難的事，難怪有人不擇手段、有人幹盡傻事，無非也就為了被看到、被聽到、被承認自己的存在而已。

那我今天說的這三段話，又有什麼意義呢？又能給自己多少的「存在感」呢？我說了半天，不等於是在自打嘴巴嗎？其實我這一生都不斷地在自打嘴巴、自我矛盾，不過錄這些Podcast，並不是為了向別人昭示我的存在，只是卑微的向自己證明我還活著，我還在doing something……這樣說會不會有點太悲壯、或是太悲涼、或者根本就太悲慘了？啊就事實啊。

只要每天還在空中聽到我的聲音，就表示我可能還活著；雖然我活著與否和你一點關係都沒有，但是和我自己很有關係，所以就請容我繼續「聒噪」下去吧！感恩吶。

苦痛得自己承擔

2021/1/5

天氣晴轉陰

「快樂有人分享，快樂可以加倍；痛苦有人分擔，痛苦可以減半」，這句「大話」你一定聽過，我這輩子也講了許多次，到現在才知道前半句或許是真的，但後半句根本是個屁！

今天去看醫生，身心科。

不知道為什麼叫做「看醫生」，明明是去「給醫生看」，或者更正確一點就是「看病」——現在還夾纏這些東西有點無聊，啊我就真的很無聊啊，因為生病的人也不太能做什麼，最多的就是時間；而且不是悠閑度日的時間，而是病痛隨時來襲的時間。在等待下一次疼痛的空檔，也不可能「偷得浮生半日不痛」，真的很無聊。

「聊」其實是「賴」的意思，無聊就是無所依賴，也可以說成無賴，有正經事可以做的人是不會被當成無賴的，這樣說來也滿有道理。

但為什麼看的不是肝膽腸胃科而是身心科呢？其實是這個身心科的名字取得好，按理說應該就叫做精神科，但是沒有人喜歡自己被當作精神病患（除非是犯了大錯、想要脫罪的人），所以如果叫精神科，這個診所很可能門可羅雀；而叫做身心科大家就可以很自然地進來，說是門庭若市當然不太恰當，但確實人很多。

現代人不是動不動就說壓力大嗎？結果這個理由不但被用來原諒自己，連醫生也用上了：只要是查不出具體病因的，不管什麼問題都說你壓力大，你也很難否認。就算你說不覺得自己有什麼壓力，醫生也會說「其實你不知道你自己有壓力」——哇靠！那他不就贏定了？那我也沒話說，既然壓力大是精神問題，那鐵定得去找精神科，呃，我是說身心科了。

其實我看身心科不是三天兩天，也不是三年兩年的事了，最主要的問題是失眠，無論如何就是睡不著；換句話說，我沒有「自己睡著」的能力。

順便奉勸各位：如果你有失眠的親友，請不要提供他坊間各種對抗失眠的辦法，因為身歷其苦的人，早就什麼辦法都試過了；而且你也不要勸他接受失眠這件事，你沒有真的失眠過（偶爾睡不好那根本不算什麼），不知道輾轉反側，數遍了全世界所有的羊，兩眼仍然死瞪著臥室天花板的痛苦；更不要勸阻他吃安眠藥，說是會上癮或者有副作用，他如果有任何睡得著的方法，也就不會出此下策。而且請問：感冒吃感冒藥、腸胃不好吃腸胃藥、過敏吃過敏藥……都是理所當然，那為什麼失眠不能吃安眠藥？

蝦密？你說會造成藥物依賴，不吃會睡不著？對啊，換句話說：吃了就會睡得著，為了換取一夜好眠、重新充電、充滿精神的迎接新的一天，吃一點藥幫助入睡，到底有什麼不對？

有人說那是心理依賴啦！你是因為吃慣了，不吃就覺得睡不著，其實就算真的不吃，你早晚還是會睡著的。

說的很有道理：有一次我去朋友家過夜，照例帶了一顆安眠藥去吃，結果卻翻來覆去、搞到三更半夜還是睡不著，我心想怎麼換了地方連藥都會失效呢？快天亮時才看見：原來那顆藥放在旁邊，我根本忘了吃，也就難怪完全睡不著——所以真的是我的身體需要這個藥，不是心理作祟。

因此再奉勸睡得好的人一次：請不要用任何方式勸誡失眠的人，他的痛苦他自己在承擔，他要付出的代價也由他自己來償還。

其實每個人何嘗不都是病自己的病、痛自己的痛，別人是完全無法「代勞」的，親愛的人即使想分擔你一點點的病痛都不可能，也沒有辦法減輕你一點點的病痛，能做的最多是陪伴在你身邊，讓你覺得：跟彷彿永無止境的病痛徒勞無功的對抗，好像還是有一點意義的。

就像我現在，所有的表現只為了讓Jessy覺得安心，覺得我需要她的支持和鼓勵，覺得她可以讓我好過一些……所以我不能表現得太沮喪、太失志，否則她可能會覺得「不值得」。

所謂「快樂有人分享，快樂可以加倍；痛苦有人分擔，痛苦可以減半」，這句「大話」你一定聽過，我這輩子也講了許多次，到現在才知道前半句或許是真的，但後半句根本是個屁！

不要太憤世嫉俗了，免得讓自己變成一個討厭鬼，就把這後半句改成「痛苦有人陪伴，痛苦不會加多」，即使這樣已經感恩不盡了，雖然身體的病痛讓我心靈也受創（知道肝臟生病後，不久我就得了憂鬱症，至少醫生是這麼說的），但有人默默的陪伴我，要和我一起走過不知道還有多長的路，我覺得自己還是很幸運，阿彌陀佛。

相對剝奪感

2021/1/6

天氣陰

人心真是個奇妙難測的東西呀！「我比你不好過」竟然能讓你覺得比較好過，這樣是不是有點卑鄙呢？我也說不上來，總之如果你沒有這種體會，那才真的值得慶幸。

今天回臺中媽媽家，來高鐵站接我的是銀行的理專。

他來幫我把所有投資的外幣換成臺幣，雖然沒有多少錢，但對於除了國民年金，不會再有任何收入的我來說，也算是全部的積蓄了。

這並不是為了我要養老，我究竟能活到多老其實很難講，更重要的是為了要讓Jessy養老。畢竟她比我年輕十歲，還有大把大把的日子要過，我要照顧的不只是我生前的她，更是我身後的她——這樣才有辦法瞑目吧！啊啊啊又講到這麼悲情了，難怪身心科醫生說我是憂鬱症，可是我真的覺得這是我世上唯一的牽掛，如果我離開的時候沒有這個掛礙，應該會覺得比較平靜而且安詳。

想想我們在一起也十五年了（應該是吧？我老是記不清楚，問了她好幾次還是記不得，如今也不敢再問了），在我人生的第二階段，能夠遇見如此美麗純真善良（啊被你發現了，其實就是真善美）的她，真的是莫大的福氣。在這一段時間內，許多朋友都說我是全世界最幸福的人，不只是因為有這樣一個好伴侶，更因為能和她一起走遍天涯海角，編織了一段又一段非常美好的記憶……這樣的人生夫復何求？所以假使被告知「到此為止」，我也沒什麼好怨尤的。

但我那天不小心說了一句「好日子過完了」，一定讓她很傷心。畢竟她比我年輕得多，就算不能說前程似錦，至少也不是來日無多，當然希望在眼前的仍然是一天一天的好日子，我這樣決絕的說法確實有點殘忍。

然而言出如箭，講出來的話也不能說「這一句不算」或者「你當做沒聽到」，只能道歉（有嗎？我好像只有表示遺憾而已，真是個不知悔悟的傢伙）表示這不是我真心所想，表示我會堅持下去，表示我仍然想跟她過或許和以前不一樣、但當然是好日子的生活。

生平沒有機會陪伴病人，不知道那是一種什麼樣的感覺，會不會覺得很無力、會不會覺得很冤枉、會不會覺得是無止境的負擔……或許我真的想太多，但多少會怕自己表現得不像一個「合格的病人」——問題是什麼樣的病人才叫做合格呢？是堅忍不拔、報喜不報憂？還是唉聲嘆氣、全面負能量？如果全部要自己承受，很怕禁不住而在哪一天爆發開來、結果更悲慘；如果要向對方傾吐，又怕對方的忍受度有限，沒有這麼多正能量可以對抗，那豈不就「連累」她了？

可是你本來就成為她的負擔了呀！有人說不必這樣想，何不當作互相扶持呢？人生總有各種逆境，唯一可以慶幸的不是逃掉逆境、或者很晚才碰到逆境，而是有人可以跟你一起面對逆境。所謂「相濡以沫」，就算兩隻快要乾渴而死的魚，也可以互相吐著泡泡，維繫彼此的一線生機——再說我們根本也沒那麼慘，不要又來這種文學式的誇張好不好？

但是身體的病痛，的確會讓心靈變得脆弱，至少你的正能量就少多了（可能根本沒了吧？負能量不要爆棚就不錯了），因此要去對抗別人的負能量，就顯得更加困難而吃力。這時候該如何是好呢？想逃也逃不掉，裝傻也不是辦法，只好硬碰硬，看看能不能「負負得正」？

也就是說，碰到很慘的人，怎麼樣的安慰或者鼓勵可能都沒用，唯一有效的是讓他知道你比他還慘——聽起來滿「奸詐」的，因為這樣就換成他應該來安慰鼓勵你了。就好像我們開車在高速公路，看到對面堵車，心裡難免會慶幸「還好不是我」——人心真是個奇妙難測的東西呀！「我比你不好過」竟然能讓你覺得比較好過，這樣是不是有點卑鄙呢？我也說不上來，總之如果你沒有這種體會，那才真的值得慶幸。

最後就說一句俗之又俗的話吧！這就是人生。

人類是地球的病毒

2021/1/7

天氣陰雨

它只管自己能夠活下去，拚命的繁衍增加、濫用資源、毒害環境……最後就是自取滅亡——欸這樣有沒有很像是在說人類跟地球的關係，人類不是也為了自己的生存發展，把地球搞得奄奄一息、快要完蛋了嗎？

今天請人來清洗沙發，是一對三十幾歲的年輕夫妻，動作敏捷、態度親切，也很健談。

他們先「導正」我們夫妻的錯誤觀念：原來布沙發比皮沙發容易清潔、也好保養，和我們一向的想法（或許也是多數人的想法）剛好相反，而且他們經驗豐富、言之有據，預言我們漂亮的皮沙發壽命有限，將來最好換一套布沙發。

Jessy 就問說那你們自己一定是用布沙發囉？他們說沒有耶，因為剛結婚的時候沒有錢買沙發，所以是去買二手的。但因為二手店的沙發常丟置在空地，如果是布的就會變得非常髒，所以他們還是買了一套老式的皮沙發，座位的部分有些已經磨損掉了，他們一直想自己把那塊皮補起來，但因為很忙，也就一直這樣擺著了。

我喜歡他們講到買不起新沙發的口氣，落落大方，一點也沒有不好意思，而且聽他們的工作量，現在的收入應該不錯，但也一直沒把那套老沙發換掉，不知道是念舊呢？還是忙得根本沒什麼時間坐在沙發上休息？

兩個年輕人一搭一唱、合作無間，一邊勤快的工作，一邊跟我們說著清潔沙發的專業知識，其實也讓我們增長不少見聞，而互相碰撞的一些歡言笑語，感覺他們不像是我們花錢請來的工作人員，而是來家裡幫忙的朋友——錢當然還是要照付的，可是那種沒有距離的感覺很好，本來在看報紙的我，也加入了跟他們談話的行列，有時逗得他們夫妻兩個呵呵笑，我也很開心。

想想一天裡面，除了夫妻兩個「相看兩不厭」（無論如何也要這樣說，而且是真的呀！），會碰到的最多是社區保全、清潔人員、同搭電梯的鄰居，還有購物碰到的店員……雖然也互相問候，畢竟還是標準的「點頭之交」，不可能談那麼久（因為清潔沙發的時間還真的滿長的，說起來這個錢賺得也不輕鬆）、那麼開心，我覺得這是今天意外的收穫，要好好的把握。

果然術業有專攻，邊談天邊工作之後，他們把我們家的沙發變得煥然一新，好像剛買回來那天一樣，簡直就要捨不得坐了。

看著已經變髒的沙發一寸寸的變乾淨，還真的滿有療癒的作用，不知道我們的身體或心靈，有沒有可能也請人來一點一點變乾淨呢？——對啦！是在說你們啦！我身體裡面那四百萬（搞不好已經五百萬、六百萬了，就像COVID-19的病毒一樣急速擴張）個病毒，你們什麼時候可以離開我的身體呢？不要讓我連吃個東西，都覺得不是在營養自己，而是在餵養你們這一張張嗷嗷待哺的嘴巴（等一下！比細菌還小的病毒應該沒有嘴巴，管他呢！早就講過了，我是中文系的）。

要不然我們也和平相處，你們「限量發行」、不要再增加，以免我的身體負擔不起，那我如果還養得活你們，就盡量努力的養下去，這樣不是對大家都好嗎？如果把我搞死了，你們也都活不了，何必如此魚死網破、同歸於盡呢？

哈哈我又在自打嘴巴了！我自己的書上早就寫過：病毒沒有辦法在生物體外存活，所以它們如果把寄宿的生物搞死了，它們自己也Facebook，不是啦，我是說「非死不可」。

但這就是病毒啊！它只管自己能夠活下去，拚命的繁衍增加、濫用資源、毒害環境……最後就是自取滅亡——欸這樣有沒有很像是在說人類跟地球的關係，人類不是也為了自己的生存發展，把地球搞得奄奄一息、快要完蛋了嗎？

所以我就是地球，病毒就是我的人類，如果人類這麼聰明理性（有嗎？我很懷疑）都會不顧一切的搞死地球，那麼病毒不顧一切的想搞死我（這樣用詞會不會太重了？根據醫生的說法我好像也沒那麼快死）不也是合情合理的嗎？

唉，你看負能量就是這樣，明明本來一篇有點勵志的心靈雞湯，也被我寫成這麼「暗黑」，如果這個日記真的有讀者，應該也會看不下去了吧？不過紀德說「文學是因讀者而存在的」，寫東西能夠完全不管看的人怎麼想，這也算是一種解脫、解放或是解救吧？哈利路亞。

當勇士還是鴕鳥？

2021/1/8
天氣陰，很冷

像我這種及時行樂、樂不思蜀、最後可能樂極生悲的人生觀，大概是不值得讓大家做參考的，以我目前的處境來說，狠心一點的人或許會說「活該」。

早上還沒吃早餐，就陪Jessy去診所，她倒是沒什麼毛病（不像我，簡直是百病之王，「整組壞了了」），只是必須空腹，去檢查自己有沒有被幽門桿菌感染。

其實一般人通常不會去查自己有沒有幽門桿菌，這個檢查技術好像也是這五年內才發展出來的。我是因為去看肝，那「肝膽腸胃科」（或許你以前沒發現：肝其實是消化器官）嘛，醫生就「順便」幫我照胃鏡，發現我有胃酸過多、胃食道逆流和不算太嚴重的胃潰瘍，然後就驗幽門桿菌，結果是有，雖然不多，但是慘了！

因為這樣，就不能跟阿那達共用食器、共享食物（你一口、我一口），而且也不能嘴對嘴kiss了。我跟醫生求情，說只有嘴唇碰嘴唇，應該不會唾液傳染，可醫生只笑著說「我知道你們夫妻感情好」。沒想到生病生到連親親的權利都被剝奪了，看來醫學進步也不見得都是好事。

結果Jessy就說她也想驗驗看，萬一有的話可以早一點吃藥殺菌。至於我為什麼驗到細菌了、卻沒有處理呢？一來是因為細菌數不是非常高，二來是因為我還在吃抗B肝病毒的藥，醫生怕我吃太多種藥會「自亂陣腳」，所以就把幽門桿菌這個「次要敵人」先放著不管。

我心裡覺得：我是已經發現了，沒辦法裝傻，可Jessy何必自討苦吃去檢查呢？——其實這就是兩種對自己身體截然不同的態度：我是屬於「儒夫」型的，最好都不要做什麼檢查，最好都不要知道自己有什麼毛病，只要能沒有事就盡量裝沒有事；等到真的知道有事了，反正也來不及了，該怎樣就怎樣……所謂「諱疾忌醫」，這個古人早就說過了，而作為現代人還像我這麼孬種的不知道多不多，但我老是會拿家裡的小狗彎彎做例子：其實他意外被查出心臟肥大，醫生說最好不要讓他激烈運動超過五分鐘，而且也沒有辦法治療。但是因為他不知道自己有病，所以每次到了公園還是飛奔撒歡，一跑就是半個小時，怎麼看也不像一隻生病的小狗。

如果他是人，就會知道自己有嚴重心臟病，然後又沒辦法治，只能哀怨地等死，應該也沒什麼心情出外玩樂了——你看，知不知道差這麼多，是不是還是不要知道的好？

好啦，我改一下，是不是越晚知道越好？

但我們家Jessy就是「勇士」型的：可以做的檢查都去做，可以知道的病情都早日發現，可以先打的疫苗一個也不放過……總之是「全面備戰」的狀態，一旦發現了即使小小的「敵蹤」也不放過，絕對「追殺到底」，確保「國土安全」。

那這樣子會不會變得疑神疑鬼、像是驚弓之鳥、其實活得也很累呢？尤其是現在醫學進步，可以檢查出來的東西越來越多（再過不久可能只要看基因，就知道你這輩子會生哪些病了），這樣會不會變得有點庸人自擾呢？

說了半天，與其說是對身體的態度，不如說是對人生的態度。像我這種及時行樂、樂不思蜀，最後可能樂極生悲的人生觀，大概是不值得讓大家做參考的，以我目前的處境來說，狠心一點的人或許會說「活該」。

比起戰戰兢兢、料敵從嚴、防患未然的另一種人生態度，或許辛苦些、嚴謹些、顧慮多一些，但是「忽然落入絕境」的機會也少一些，所以他們是「該活」：其實這樣的人生觀應該是比較值得鼓勵的，所以Jessy說要去檢查幽門桿菌，我心裡雖然不是太認同，但一句話也沒有說，而且自願陪她去，她還稱讚我「很有義氣」——拜託，我們是夫妻耶！

現在很有義氣在陪伴、照顧我的應該是她吧？我只能默默祈禱她的義氣不會有用完的一天，哈哈（這算是自嘲還是苦笑？）。

常見的事物都不美好

2021/1/9

天氣陰轉晴又陰

你問問那些生活在下雪地區的朋友吧！只要你一說下雪有多美，他們一定會皺著眉頭說：「美個鬼！你知道鏟雪有多累嗎？」

下午開車出門去按摩的時候，汽車上的溫度計顯示外面是十八度，沒有想像中的冷，因為據說臺北現在是八度，連海拔八百多公尺的大屯山都下雪了。

雪景是亞熱帶地區的臺灣人翹首期盼的，因為不常見。所以每次寒流來，水氣又重的時候，就有人開始追雪，希望能跟雪來一場不期而遇。

而且必定是歡欣鼓舞，丟雪球、打雪仗、堆雪人……甚至故意打赤膊玩雪，就連成年人也變得非常「幼稚」，這是一種什麼樣的心態呢？是歡樂使人幼稚，還是幼稚的人容易得到歡樂？

而且歡樂的原因好像是因為「不常見」而且沒有造成「不方便」：你問問那些生活在下雪地區的朋友吧！只要你一說下雪有多美，他們一定會皺著眉頭說：「美個鬼！你知道鏟雪有多累嗎？」確實，如果一覺醒來，發現自己屋子的門窗都被積雪堵住了，是絕不會有人來救你的，你得自己想辦法爬出來、自己想辦法把堆積如山的雪剷除，才能把日子過下去。

就算要去上班、上學（不知道有沒有大雪假？像我們的颱風假那樣）或者購物，至少要把埋在雪堆中的車子給挖出來，還得要發得動，還得確定路面不會打滑，你可以平安出門、回家，要不然可能就像新聞裡報導的：在高速公路上被雪困了十幾個小時，車上連水都沒得喝，也沒有地方上廁所——據說如果溫度太低，尿出來的尿會立馬結成冰棍，必須一邊尿尿一邊拿棍子把冰棍打碎，否則就會……你知道的嘛，哈哈。

還有更誇張的說法：因為天氣太冷，人發出來的聲音立刻就凍結在空氣裡了，根本聽不到，所以北極圈的居民在交談的時候，必須各拿一隻小棍子，只要對方一開口，就用棍子把急速凝結的聲音打碎，這樣才聽得到是在說什麼；當然你回覆的話，對方也要用棍子打碎才聽得到。這種交談方式，很可能一不小心就打到對方的腦袋，兩個人一氣之下，就拿著棍子打起來了……

哈哈這種鬼扯你當然不會相信，但是拿棍子尿尿的「傳說」是我中國東北的爺爺傳下來的，應該比較可信，而且他說有時候不小心打中自己的小鳥，還真的是痛徹心扉。

所以據說美國水牛城或是芝加哥這些容易下雪的城市（是不是如此我不確定，照例，中文系的藉口），市長基本上不必做什麼事，只要下雪的時候努力剷除積雪、維持道路暢通，施政滿意度自然就會高，否則就是下臺一鞠躬，管你什麼藍黨紅黨左派右派，大家的態度可是非常堅決一致的：讓我的日子過得下去，最重要。

在雪裡走路固然很困難，除非鞋子上有冰爪、或是裝上網球拍（是嗎？），否則一腳踏進去很難拔出來，而且褲子都會溼掉、然後結冰、然後變得硬梆梆……這種畫面大家電視上看多了，不過聽說最可怕的是雪花落在睫毛上，不酥胡，但絕對不能用手去碰，不然就變成小冰塊掉到你眼睛裡，讓你基本瞎掉——就算是暫時的，也是痛不欲生。這當然也是我聽說的。

親眼見過的則是在北海道，我們一個七天的旅行團，第一天、第二天看到雪都還很興奮，也就是剛才講的做出種種幼稚的行為，第三天開始漸漸發現其實雪景都一樣，所以雪景基本上都好看，但是一成不變也不耐看，看久了之後就是「審美疲勞」，巴不得早一天恢復正常。

導遊就安慰我們：第六天就回到東京了，那裡應該不會下雪，大家聽了總算比較安慰。結果飛機回到東京，東京竟然出乎意外的在不該下雪的季節也下雪了，一群人如喪考妣（沒那麼嚴重啦！最多是大失所望）。

悲劇發生在後面：可怕的不是雪地，而是剛結冰的地。難怪要說「如臨深淵，如履薄冰」，毫無經驗的我們大咧咧的在結冰的路上行走，有位太太滑了一下，她本能的伸手去撐，於是手臂就被自己跌倒的身體壓斷了。

當然非常痛，導遊立刻陪她就醫，醫生說沒救了——喂別鬧了，醫生是說需要治療個兩三天，但我們全團明天就要回臺灣了，也不可能為了她一個人都留下來，她當然更不想一個人留下來，導遊要帶我們回臺灣也不能陪她留下來，結果她牙一咬說是不治療了，請醫生用兩塊木板固定她的手臂，然後用帶子吊在肩膀上，跟我們回臺灣。

真是太猛了！不但要忍受劇痛，而且不能躺臥，只能整夜坐著或是站著，一直到第二天跟我們全團的人一起上飛機，在回到臺灣之前，她不但沒有唉一聲，甚至沒有皺一下眉頭，整臺飛機的乘客，包括空服員，沒有人知道她吊著的，是一隻已經斷掉的手臂。

她的容貌我早已經不記得了，但始終記得她的「堅忍不拔」，這也算是臺灣人的精神嗎？

由此可見：會喜歡雪，是因為「不常見」，而且沒有造成「不方便」。我們人生這樣的東西其實並不多，所以難得下雪，就敬請愛雪的人盡量狂歡吧！這畢竟是短暫，而且留不住的。

其實人生所有美好的東西，又何嘗不是這樣？——嘿嘿，最後不這樣「暗黑」一下，又怎麼能提醒你看的是我這位病人的日記呢？嘿嘿。

今日停更

2021/1/10

天氣晴

如果生命都可以中斷，日記為什麼不行？

看完標題已成過去

2021/1/11

天氣陰，極冷

我們一分一秒的活著，也是一分一秒的在邁向死亡，我們的日子越活越少，我們的生命也越活越短……所以一分一秒都很重要，「現在」其實是不存在的，因為它馬上就「過去」了，而且立刻去到「未來」……

Jessy一早就出去了，小狗彎彎也跟著下床，卻發現媽媽出門了，於是又來敲（其實是用抓）臥室的門，我開門讓他進來，兩個人一起窩在溫暖的床上，都不想起來。

混到快十點鐘（這可是太太不在才有的特權，要不然她起床不久就煮咖啡，我不趕快跟著起來，就連早餐都沒得吃了），終於還是得爬起來，心裡有準備要度過一個人的一天。

漱洗完畢，先用手沖咖啡，這樣有點說大話，其實是掛耳式咖啡，但不管怎樣，好友大頭烘的咖啡都是好咖啡。用兩個掛耳、兩個咖啡杯一起冲，各冲半杯再倒在一起，這樣效率比較高——對於時間多到有剩的我來說，不知道幹嘛要有效率，或者只是顯得比較聰明（有嗎？）。

然後是吐司麵包，品質夠好所以不烤也可以，事實真相是我不太會用烤箱，與其烤焦了不如別冒險。再來是優格，在桶裡挖了半天，結果只有半碗，雖然有新買的，但因品牌不同味道也不同，不想混在一起吃，那今天就少吃點。

放音樂是一定要的，這是我們兩個人的堅持，而且不是古典樂就是爵士樂，也不是什麼品味問題，就覺得適合一天開始的悠揚樂章，當音符在空氣中跳躍時，就是這個早上的第一拍。

一個人默默的吃完早餐，想想兩個人一起吃早餐也未必就會交談，頂多也是有一搭沒一搭的，但是一個人的沉默就是真的沉默，除了音樂聲，沒有人的聲音，說明沒有人跟你在一起。

沒有人跟你在一起，日子也是要過下去，於是下樓去拿了報紙，回來擺好臥榻上的靠墊，在大片玻璃窗前，開始仔細的閱讀這個世界。

通常碰到有趣的新聞，我們會先拿給對方看，或者提醒對方等一下記得看；如果是太離譜的、太扯蛋的，也有人會忍不住「毒舌」兩句，罵些平常我們在人前絕不會說的話：這就是夫妻相伴的好處，沒有什麼話不能說，沒有什麼動作不能做，包括可以很放心的在對方面前打嗝或放屁（當然不是故意的，但有時難免忍不住）……自由自在，應該就是這個意思。

一個人看報紙當然又是很沉默，默默的看完、默默的收拾、默默的丟進廢紙箱裡，伸一個長長的懶腰，還不到中午，一天還長著呢！

接下來能做的事，無非就是疊疊棉被、逗逗小狗、看看書、上上網……如果要動態一點的，就是去頂樓的健身房跑跑步，或是在客廳裡拉筋，偶爾帶小狗到公園去玩……而在天黑之前，雖然不吃正式的午餐，也得吃個三明治或是茶葉蛋果腹，生活就是這樣的一成不變，但只要兩個人在一起，也就不會覺得無聊，奇怪吧？

我在想如果是我自己一個人，這樣的日子我可能過三天就膩了，可能就會開著一輛休旅車，往全臺灣的山裡到處跑，隨意地停下來看山、看水、看雲、看樹……就是一種「四海為家」的感覺——因為只有自己一個人，所以自己在哪裡，自己就是家，廣大的天地任我去，到處都是我的家。

才在冥思幻想，Jessy 卻辦完事提早回來了，我倒也不是喜出望外，只是覺得一切好像又回到常軌，於是我們就照那個時間，接著做本來就會一起做（其實往往各自做，只是在同一棟房子裡做）的那些事情，然後就好像聽到鐘錶聲滴滴答答，時間在流逝的聲音。

時間的流逝，其實就是生命的流逝。我們一分一秒的活著，也是一分一秒的在邁向死亡，我們的日子越活越少，我們的生命也越活越短……所以一分一秒都很重要，「現在」其實是不存在的，因為它馬上就「過去」了，而且立刻來到「未來」——哇！感覺自己怎麼變成愛因斯坦了？如果說是因為生老病死讓我有了新的體會，那也算是一種收穫吧！雖然我一點也不想有這種收穫，我寧願渾渾噩噩的活著，然後忽然一下就過去了，來不及擔憂，也來不及害怕，更來不及跟任何人說再見。

但是一來我應該沒有那麼「好命」，二來「我對我的玫瑰花是有責任的」*，於是從書本上抬起頭來，和愛妻相視一笑，繼續過我們平凡而安靜的日子。

原來如此，愛人在的地方才是家。

注：此句出自經典小說《小王子》。

天冷腦熱的奇思異想

2021/1/12

天氣陰，冷死了

遠古時代，人類的敵人都在外面……到了今天，野獸不足為患，人類還在互相廝殺，但主要的敵人已經跑到身體裡面：例如細菌、例如病毒、例如腫瘤——看不見的敵人才是難纏的對手，這應該是本世紀人類最大的難題吧！

第一次在高雄的家裡開暖氣，可以想見北部有多冷，除了慶幸兩人逃離那個又溼又冷的地方（那一年臺北據說下了兩百天的雨），也感嘆人真的是環境的動物，長期住在溫暖的地方，反而越來越怕冷了。

而原來的怕熱還是持續著，難怪有人說高雄人又怕冷、又怕熱，以前聽不懂，覺得根本是邏輯錯亂，現在自己做了高雄人才明白，所謂「事非經過不知難」，真的是這樣。

冷還會造成幾種反應：第一個就是不想動，甚至整個人都想蜷縮起來，當然最好就是藏在溫暖的被窩裡，乾脆像熊一樣的冬眠算了，等春天的腳步近了再出來。

可惜造物主沒有給我們這種生理構造，人還是得想辦法在寒冬裡活著。何況我們才不過攝氏八九度的氣溫，實在沒什麼好靠腰的，人家北極圈有零下四十度都還得想辦法活下去的。想一想其實躲在北回歸線以南，不管什麼超級大寒流來，也不會達到零下的溫度，更不會「大雪飄飄何所似」，我們已經算是夠好命了。

難怪寒冷地帶的人看起來就比較陰森、比較冷酷，可能也比較殘忍——這種觀念主要來自於北歐的犯罪小說，不過硬要穿鑿附會的說，在生存條件嚴苛的地方，對別人仁慈就是對自己殘忍，如果比較強硬一些、極端一些、不擇手段一些，似乎也是情有可原。

熱帶的人就完全不一樣，沒什麼風雨，可能連像樣的房子都不需要，有一個涼亭就夠了。食物也很豐沛，隨便就有瓜果可以採擷，不需要跟別人搶得死去活來。所以人人都很悠閒、都很樂天、都很與世無爭……當然，你也可以說都很懶惰，所以熱帶國家，一般來說創建不了什麼偉大的文明。

寒帶好像也不行，因為生活條件太苛刻了，活下去就占用了全部的力量，也沒有什麼條件去發展什麼偉大的文明。

所以如果從地球儀上來看：整個溫帶地區似乎就是文明的發展繁盛區，不管是歐洲、美國，或是現在才慢慢追上來的中國……基本上是處於這種不冷不熱，不容易吃飽但也不至於餓死，至少土地是適合種植糧食的地區。

春耕夏耘秋收冬藏，有了穀物，就可以生產、儲存糧食，就不像其他動物每天每夜，甚至無時無刻都在找吃的（或者避免被吃掉），哪裡有什麼精神力氣去發展什麼文明？人類的生活品質急速提高，而且跟其他動物遠遠拉開距離，應該是從有了農業開始。等到工業革命一來，那世間萬物都只能成為滿足人類無窮慾望的資源，幾乎再也沒有什麼未來、沒有什麼發展可言了。

說到糧食，天冷還有一個特性，就是熱量消耗得快，特別容易肚子餓。前面說天冷懶得動，所以沒有出去採購今天下午的餐點；天冷又容易飢餓，廚房裡可以吃的餅乾糖果都被挖空了，還是聽到肚子不時傳來咕咕叫的抗議聲。

笨蛋！不會叫外送嗎？但是喜歡吃的那家，只開到下午一點，眼看時間過了，已經來不及點，「寧缺勿濫」，索性就不吃了，就看看人有多不耐餓，不知道少了食物來源，我身體裡面的那些病毒會不會也比較難以繁衍？還是我想太多了，它們只要掠食我的細胞就夠了？

遠古時代，人類的敵人都在外面，就是各種野獸和其他族群的人；到了今天，野獸不足為患，人類還在互相廝殺，但主要的敵人已經跑到身體裡面：例如細菌、例如病毒、例如腫瘤——看不見的敵人才是難纏的對手，這應該是本世紀人類最大的難題吧！

雖然說地球暖化，極端氣候越來越嚴重，將來的天氣可能更熱、也更冷（如果連高雄也開始下雪，那大概就離世界末日不遠了），但是人類那些看不見、殺不完、越來越厲害的敵人，第一次強烈預告了人類可能瀕危甚至滅絕的下場。

我記得，故我在

2021/1/13

天氣晴，回暖

你不記得的事情，到底算不算有發生呢？那和根本沒有發生的事又有什麼不同？但是如果必須要靠記憶才能證明存在，那如果你把什麼都忘了，不就等於這一輩子都沒活嗎？

記得小時候，可能是學校老師要求吧，寫過一陣子的日記。但是小學生的生活基本上是一成不變，所以寫來寫去，都覺得好像在抄前面一篇，就好像瘂弦的詩：「今天的雲抄襲昨天的雲。」其實雲豈止每一天不同，就連分分秒秒也不同，反而是人的生活不斷重複，就像午夜電視上播放的黑白老片子。

只有特別的日子、放假的日子，尤其是全家人都去旅行的日子，才會變成彩色的；我依稀記得小時候全家人去了陽明山，不知道是不是花季，但有在花鐘旁邊野餐，雖然一家人合拍的照片是黑白的，但那確實是彩色繽紛的日子。

後來好像還去了福隆海水浴場，人很多，推擠著買門票，然後爸爸的皮包就被偷了，害我們差一點沒車錢回家（那時住在新竹湖口）。

不管怎樣，媽媽和我們兄弟兩個還是換上了泳衣，高高興興地第一次接觸海水，爸爸卻不知為何只穿著白色的大內褲，被海浪一打就變成半透明的，其實滿丟臉的，但是我們玩得太高興、也沒時間覺得不好意思。

而這就是全部小時候全家一起出去玩的記憶了！可見得記憶是多麼靠不住的東西，明明記得還有去碧潭吊橋和烏來瀑布（再加上野柳吧！那個時代也只有這些地方可以去了），但是腦海中完全沒有畫面，到底去過了沒有也不確定。

那麼你不記得的事情，到底算不算有發生呢？那和根本沒有發生的事又有什麼不同？但是如果必須要靠記憶才能證明存在，那如果你把什麼都忘了，不就等於這一輩子都沒活嗎？

笛卡兒說：「我思故我在。」但是你有沒有在思考誰也不知道，或許可以說「我記得，故我在」，如果要你講述自己的一生，憑藉的主要不也就是你的記憶嗎？或許有些照片、有些資料，但也得憑你的記憶把它們串連起來。

那又如果你的記憶不可靠，或是記憶騙了你，又或者根本是你存心造假，那有關你的真相又要從何尋找？「我明明記得不是這樣……」這是我們最容易說的話，而別人也無法替我們證實或者否決，因為這些是藏在我們腦海裡的。

有些記憶是被歲月所愚弄的，例如當年走起來覺得輕鬆平坦的步道，如今卻發覺坎坷吃力，那不是記錯了，而是身體不行了。

有些則是「選擇性失憶」，因為發生的事情太難過、太不堪、甚至只是自己太內疚……就自動從腦海裡把它抹除了，硬要想也想不起來，這又能怪誰呢？

另外就是私心了。有很多名人的回憶錄，根本是自己在編撰「理想中的自己」及「希望在別人眼中呈現的自己」……只要沒有真憑實據可以推翻的，就盡量造假，所以每個人的回憶錄都顯得自己很善良、很偉大、很有氣節……其實見鬼了根本是扯淡，不然怎麼別人對他的紀錄完全都不一樣？難道有兩個他活在平行時空嗎？

就像蔣介石的日記，寫到自己去嫖妓，然後覺得很後悔……這就是假到不得了的寫法，因為他明知道以自己的身分地位，將來這個日記是會公諸於世的，那你幹嘛要寫自己去嫖妓？嫖妓應該是很祕密的事，除了你的心腹不可能有外人知道——啊原來你的重點在後悔，表示你這個人雖然也會做錯事（人非聖賢，孰能無過？），卻是有反省能力的，既然知道自己錯了，那當然也會改（知過能改，善莫大焉！），所以你的目的是在博取別人的肯定而已，真是假惺惺。

那我們就來「柯南」一下：如果你從來沒有嫖過妓，應該不會故意承認自己嫖妓。所以很可能是你嫖妓的事情走漏風聲了（那個心腹不可靠！），乾脆自己先承認，免得家裡那一隻「河東獅」追究起來沒完沒了，何況你已經懺悔了不然還要怎樣？而嫖妓的人據說通常會養成習慣，很少畢生只嫖一次的，所以蔣介石後來是不是又去嫖了很多次，這個當然不值得探討，但是非常可以這樣猜想，合理的懷疑。

說這些的目的，只是想說明所謂的「真相」並不可靠，因為維繫真相的記憶就已經不可靠，所以你真正的一生，只是你以為、你記得、你想像的一生，並不是你真正的一生。

而且其實沒有人知道：你真正的一生到底是怎樣的，就看你能「編」到什麼地步，又有多少人會「埋單」了。這樣看起來，我們那麼重視自己的名聲、別人的觀感、社會的評價、歷史的定位，其實是一件很無聊的事。

像我這樣「置之死地而後生」的、完全誠實的寫日記（不只對別人誠實，也對自己甚至有些難堪的誠實），應該是不可多得的吧？——誰管你？愛寫就寫唄，不寫也沒人在乎，地球照樣運轉，七十億人照樣呼吸，太陽明天仍然升起……

重啟日記

2021/3/9

天氣晴，

但是霧霾嚴重

我一如往常的恢復原本的生活，心情也變得十分平靜，打算就此和病魔與心魔和平相處——沒想到又如瘟疫般再度來襲，我又落入了身心疲弱的困境，現在唯一能做的，只有再重新打開這本日記簿，繼續跟自己交談……

自從一月十四日中斷了日記的寫作之後，現在重新開始，等於宣告了我第二次的「挫敗」。

那時候，從一月一日開始，為時兩週的日記寫作，其實是在跟自己對談，企圖克服自己的心魔。換言之，我那時是嚴重憂鬱症，或者更正確的說，在抑鬱症的狀態下，感覺自己的生命無足輕重，而且無處可去，只好透過寫作，跟自己商量到底要如何對待這個痛苦的生命。

痛苦當然是源自於疾病，除了日常干擾的不適，例如耳鳴、例如嘴巴很鹹、又例如容易覺得疲累，另外也因為肝臟的腫瘤和B肝病毒在體內的肆虐……身心都是互相關聯的吧！

因此開始覺得自己嚴重喪失了抗壓的能力，就連上電視節目、每月一次帶朋友「臺灣走透透」的旅遊，甚至只是一場老生常談的演講，也覺得困難重重、難以完成，而有了「逃走」的心態。原定的《煩事問莊子》三場新書發表會，也覺得無能為力而予以取消，給出版社和主辦單位都帶來極大困擾，但我已經顧不了那麼多了，自己忽然變成了一個完全沒有自信心的人，那時候我還不知道這是因為抑鬱症的緣故。

接下來就是不斷的自我否定：對自己人生的財務規劃，忽然覺得怎麼會如此不嚴謹牢靠；對自己所寫的書和所講的話，都覺得毫無意義；甚至開始懷疑自己的一生，不但一事無成，而且甚至連真正的朋友也沒有……真不知道自己是怎麼活到這把年紀的。總之心裡面就是不斷的產生負面的想法，再怎樣幫自己打氣加油、安慰自己其實境遇還不錯，好像也都沒有什麼用處。

甚至就起了輕生的念頭：覺得自己再這樣苟活下去，也只是浪費社會的資源，不如自行了斷。因此把受益人是太太的保險單都交給她，加總保險金額，讓她確定在我身後仍然可以安心生活。問題是我的病又不會立即致死，因此每天想的，都是怎樣自殺——

但自殺會領不到保險金，所以還要做成意外死亡的樣子，真的是想破了頭、想盡各種方式，仍然迷惘的不知如何是好。

現在回想起來，一個人竟然會瞬間淪落成這麼糟糕的精神狀態，真令人不寒而慄。所幸身心科的醫生察覺有異，用藥物幫我緩解，我也一邊書寫日記、面對自己……逐步的走出困境，到後來去臺北跟朋友們聚會（原本是想去見他們最後一面）時，已經開朗到可以據實向大家報告我的病情，而且拿這個來開玩笑了。

所以日記就停寫了，我一如往常的恢復原本的生活，心情也變得十分平靜，打算就此和病魔與心魔和平相處——沒想到又如瘟疫般再度來襲，我又落入了身心疲弱的困境，現在唯一能做的，只有再重新打開這本日記簿，繼續跟自己交談：「到底你要怎樣呢？」這真是個大哉問。

百無聊賴的一天

2021/3/10

天氣晴，

霧霾依然掩蓋陽光

以前從來不知道什麼叫做「無聊」，只覺得「會喊無聊的人真的很無聊」，現在自己卻覺得生活真的好無聊，聊就是「依賴」，心無所依，所以無聊。

沮喪的情況依然沒有好轉：早上就是不想起床，總覺得睡著了之後什麼都不知道、什麼感覺都沒有、也什麼都不用想，只是作著亂七八糟的夢，反正那些也不是真的，不需要處理。繼續睡覺，似乎是逃避現實最好的方法。

要不然，光是想到漫長的一天，不知道要做些什麼來讓它過去、讓它結束，就覺得好煩。

為什麼以前也是這樣的過一天，卻沒有這種「漫漫長日」的感覺呢？主要是那時候有想做的事、有愛做的事、有許多覺得有意義的事……而現在似乎都沒有了，一樣的事情做起來卻覺得無精打采，再也無法激勵自己。

以前從來不知道什麼叫做「無聊」，只覺得「會喊無聊的人真的很無聊」，現在自己卻覺得生活真的好無聊，聊就是「依賴」，心無所依，所以無聊。

也就是生活彷彿失去了重心，只是日復一日的在重複做同樣的事情、說類似的話、想大同小異的念頭……「有些人在三十歲就死了，因為他們不斷重複同樣的生活。」這是羅曼．羅蘭說的，看來我似乎死在六十六歲，只是沒有下葬、沒有告別式，而是不再有對生命中任何新的想望。

那除了每天看書、聽音樂、拉筋、看影片……還能不能做點不一樣，或是「有意義」的事呢？本來有一個目標是撰寫白話本的《紅樓夢》，也進行了一段時候，但是越來越覺得艱困：不是因為工程浩大，反正我現在最多的就是時間；反而是因為越來越發現《紅樓夢》的文學之美，如果經過轉譯，幾乎就蕩然無存了。本來是希望有更多的人來讀《紅樓夢》，現在卻發現只有讀得懂原本的人才能真正體會《紅樓夢》的美好。

我不得不放棄了這件事，這對我當然是一個很大的挫折，心境好像也從那時候開始急轉而下。很顯然我的修為不夠，當然也可以安慰自己說狀況不佳，沒有辦法調適這樣的挫敗。

心情從那時候開始走下坡，而且一直沒有持平或是反轉的跡象。

如果我從一開始就沒打算做這件事，是否就不會覺得遭逢失敗呢？還是會因為沒有生活目標而覺得更加茫然？

無論如何，現在也只好「乖乖」回來寫這本日記了，希望這樣不知所云的自問自答，可以讓自己終於有機會破繭而出，重新找到生命的路途。

沒人相信，我很軟弱

2021/3/11
天氣晴

人終究是要病自己的病，痛自己的痛，這可能是每個人都無法逃避的宿命吧！幸運的是身邊有人陪伴，多了一份支撐的力量……

今天「勉強」自己去臺北上電視通告。

說勉強是因為搭高鐵要花費一些體力，上節目講話要承受一點壓力。其實像這樣閒聊的節目，幾乎沒有什麼講錯話的問題，也不至於惹來什麼糾紛，對以前的我來說，根本是小菜一碟，現在卻覺得有點戰戰兢兢，腦海中也不斷想著談話主題，提醒自己要說些什麼才好。

這很明顯的就是一種自信不足的表現。為什麼以前駕輕就熟的事，現在多少覺得有點困難了呢？事後也對自己的表現不是很滿意，這在以前是極少發生的事，以前的我，沒有在心裡得意洋洋地認為自己講得有多好，就已經不容易了。

我想是整個人的心理素質變弱了吧？連過去熟練的事現在都沒有把握做好，那還妄想做什麼可以證明自己價值、「有意義」的事情呢？

問題是：「意義」是由誰來決定的？如果都已經不在乎別人對你的看法，不在乎自己在這個世界上扮演什麼角色，那為什麼又必須要靠做些什麼來肯定自己呢？

可見得人受到的制約有多麼強烈！因為生命有限，所以更需要肯定所餘生命的價值，那不就是不要傷害別人、不造成別人的困擾和負擔就夠了？就不能安安分分的活下去就好了嗎？為什麼還需要自己來肯定自己呢？

八成是因為從自我懷疑到自我否定，這樣一來就找不到自我的存在，彷彿只能為別人而活著。要讓身邊的人安心、平靜，沒有負擔與困擾，所以靜靜的壓抑自己的痛苦，因為就算說出來了，對方也不一定能夠理解；即使理解，也不能替你分擔一絲絲痛苦。

人終究是要病自己的病、痛自己的痛，這可能是每個人都無法逃避的宿命吧！幸運的是身邊有人陪伴，多了一份支撐的力量，為了不捨得對方難過，自己至少要努力的撐下去。

而且對這個世界的人來說，他們所了解的你根本應該就是個吃喝玩樂、無憂無慮、名利兼得、「好命」的傢伙，誰還會相信你有什麼好憂鬱的？

就像許多人不相信吳念真長期被憂鬱症所苦一樣，我好像也沒有什麼理由憂鬱——或許我的病痛是個藉口，畢竟也有很多人情況更嚴重，仍然生機蓬勃、信心十足地活著呀！總而言之，我就是個軟弱的傢伙。

人，眞的很奇怪

2021/3/12
天氣晴，霧霾中

會去幫助別的弱勢者，尤其是對自己沒有一點好處的，這的確是人性比較高貴的地方，或者說人之所以做為萬物之靈，就是因為這一點。

仔細想一想：人真是一種奇怪的生物。

有許多動物是終身獨居的，例如老虎，除了交配的時候，牠都是獨來獨往，既沒有同伴，更沒有族群（母老虎帶小老虎的一段時間例外），牠從來不覺得孤單，甚至可能地盤內多出一隻同類來，牠還要想盡辦法把對方趕走。

可是人類卻是群居的動物，我們一定要跟別人來往，也互相依賴為生，不只是生理上如此，心理上也一樣。所以對人類犯罪的懲罰就是自由刑，禁止你自由活動，也禁止你和人自由來往；如果在監獄裡犯錯，處罰的方式就是單獨監禁，這時你雖然衣食無虞，卻難以忍受這種痛苦，柏楊先生告訴過我：被單獨監禁的時候，必須自己不斷地跟自己講話，否則就很可能發瘋。可見得不管是什麼人，都是需要別人的。

也許是因為這樣，人都會在意別人的快樂，更會在意別人的痛苦。許多動物如果老弱病傷，大家不會理牠，最好牠因行動遲緩而成為獵物，大家反而更有機會保住性命。所以你不會看到一隻狼去幫助另一隻受傷的狼，也不會看到一隻狼去照顧另一隻年老的狼——除了小孩，牠們誰也不養。

而人類可能偏偏相反。會去幫助別的弱勢者，尤其是對自己沒有一點好處的，這的確是人性比較高貴的地方，或者說人之所以做為萬物之靈，就是因為這一點。

但是站在整個族群的角度來看，難道生存能力弱的不應該就此被淘汰嗎？一定要拖累其他的人嗎？自己成為社會整體的負擔，難道不會影響其他人過上更好的生活嗎？尤其現在醫學發達，「該死的人」不死，地球人口的數目急速膨脹到七十億，已經超過這個世界所能容許量的兩倍，因此萬物都遭受到迫害，地球環境越來越差，生活困苦的人也越來越多⋯⋯在這種情形下，「優勝劣敗」其實還在繼續發生，只不過從前比的是體能，現在比的是財富。

超高科技的時代，極少數人快速的掠奪、占領絕大多數的財富，讓越來越多的人在貧窮線以下生活。有些說的好聽要捐出財產做公益，但非常有限，其實是杯水車薪——一邊搶人家的錢一邊說要幫助他，這樣是不是資本主義的偽善？

就像這次爭奪 COVID-19 疫苗，有錢去搶到的都是富裕國家，甚至搶了自己所需量的好幾倍，至於那些窮到連檢測都沒能力，更不要說花錢買疫苗的國家，只能自生自滅，在世界的黑暗角落裡逐漸消逝……這個時候又會有誰來關心他們呢？

反而是被稱為「世界惡霸」的中國，不但自己有能力製造多種疫苗（雖然效果還不明確），甚至免費支援給八、九十個國家。這樣看起來，他們反而是「大善人」了——這不是很矛盾的事嗎？

但這也就是世界的真面目。

他們可以一方面滅絕一個種族，一方面剝奪一群人的自由，一方面威嚇著不肯低頭的那方……完全是土匪的行徑，回過頭來卻又像好心的在布施飢民，自詡為美好世界的創造者。

這一切都實在太令人錯亂了！黑白不分、是非不清、正邪不明……或許就是這個世界最大的問題吧！而病毒的肆虐，只是讓我們更加看清了現實，更加覺得未來一片迷茫，就算想要「樂觀」，也唱不出那首〈明天會更好〉的歌。

你當然可以駁斥我，說那是因為我自己的消極和悲觀，是因為我自己已經被幾百萬個病毒所占據，不確定能有美好未來的人，當然也不相信、或不希望這個世界會變得更好。

我不會反駁，就請你舉目四顧，告訴我這個世界上有多少人活得更好了，又有多少人活得一天不如一天。前面說過，人的「不幸」就在於能夠感受別人的痛苦，說我懷憂喪志也好，說我悲天憫人也罷，重要的是我們到底能做些什麼，讓這個世界可以少一些「不幸」的人？

我很久沒有哼歌了

2021/3/13
天氣晴，
霧霾惡化中

愛一個人，你就希望他好，希望他遠離痛苦，不要墜入無底的深淵，所以願意努力、樂於付出，只要讓這個心愛的人不「走鐘」、不要像失速的人造衛星脫離了軌道而墜毀。

今天本來想要「振作」起來的。

一早起來，強打起精神，一起吃了早餐、看了報紙，又到「工作」的時間——其實所謂工作，也不過就是錄製兩集、總共四十多分鐘的Podcast，其他剪輯、配音、上傳的工作都由Jessy來完成，我只是講講話而已。

但是今天就覺得：講的沒有很滿意。不知道是因為自己精神不濟、不夠專注，還是仍然嚴重缺乏自信所致，實在很難安慰自己說：反正有人聽就好了，愛聽不聽，我講過就算了，這個世界上已經發生的事情是再也無法挽回的。

其實做這個Podcast都是Jessy的主意，我常說是她「逼」我做的，這個玩笑話中其實充滿感激：我想她是覺得總要讓百無聊賴的我有點事做、生活有點重心，所以從完全不懂到一步步學會這些程序，然後購置器材，然後「押」著我每天播出一集錄音（有許多播客並沒有每天播出），甚至偶爾加入與我一起主持……這些並不是她熟悉而專長的，也不知道她是否樂在其中，但我知道這就是「愛情的力量」。

愛一個人，你就希望他好，希望他遠離痛苦，不要墜入無底的深淵，所以願意努力、樂於付出，只要讓這個心愛的人不「走鐘」、不要像失速的人造衛星脫離了軌道而墜毀。

我也是靠著對她的愛而維持著：為了不讓心愛的人過於擔憂，不讓她被我的負能量衝擊過度，不讓她原本安逸平靜的生活被我擾亂，所以我努力的讓自己「維持正常」。

努力的從不想離開的床上爬起來，努力的按照每天生活的作息起居，努力的和她交談和分享新奇的事物，也努力的注意她的臉上有沒有泛起平日應有的笑容……有時候，入睡前的客廳有點凌亂，其實可以放下不管的，反正明早再整理也無妨，但我總是盡力的讓所有的東西物歸原位，好像在向自己證明：我還沒有「失常」，我還運行在正確的軌道上——雖然有點吃力。

「你很久沒有哼歌了。」她忽然這麼說，果然還是點破了我心情的癥結，如果是開心的時候，常常會自然而然的就哼起歌來，甚至有時歌聲太響亮還會遭她白眼，怕會吵到鄰居。然而我不知不覺的，卻已經許久沒有這樣情不自禁地開懷歌唱了。可見得光靠「假裝」還不行。

我還是非常的愛她，也相信她是如此的愛我，因此她可以陪伴、忍受、鼓勵這個「糟糕」的我。

至少為了她，我要好起來。不能讓愛你的人失望呀！何況這個世界上應該還有更多人，以不同程度、不同方式、不同境界的愛著我，我也想愛他們，也想他們好，關鍵是我自己得先好起來。

爲愛自尋煩惱

2021/3/15

天氣晴，

旱災持續中

不只是我做我愛做的事開心，我陪你做你愛做的事也開心，我讓你自己去做愛做的事還是開心，當然當然，我們一起做兩個人都愛做的事最開心。

昨天沒有寫日記，原因很簡單：想要寫日記的時候，Jessy說想去買冰吃，在家裡看一場星期天下午的電影。

很久沒吃刨冰了，這個我不反對；但我不是很想看電影，因為那又要坐著不動兩小時，而我們每天晚上看影集就幾乎坐著不動三小時了。我本來想去健身房跑步、至少拉拉筋也好，但是她想看電影，我就隨她的意思，反正明天再跑步也沒關係，只有一天沒動肌力應該也沒那麼快流失。

兩個人在一起就是這樣囉！念頭不一樣的時候，總得有一個人遷就另外一個人，何況一起做的也不是自己不愛做的事。就像她當年陪我爬山，應該也不是因為她喜歡，而是我喜歡。

為了心愛的人跟他一起做他想做的事，這應該就是最基本的愛情ABC吧！

像今天她出門去了，我的每日「行程」還是一模一樣：起床、盥洗、煮咖啡、放音樂、吃早餐、下樓拿報紙、看報紙、去健身房跑步……可是一個人做起來，就覺得特別的寂靜。平常也未必會說上幾句話，但現在忽然有話想說，卻赫然發現沒有人聽，只好把話又吞回去，這種感覺就有點怪怪的，難道作伴就只是感受到另外一個人的存在嗎？即使他什麼也不說、只要你知道他在那裡，你就不會覺得孤單了？

跑步回來的時候，意外發現她提早回來了。原來是回來換衣服、馬上又要出去，於是我開車載她，也把小狗一起載出去兜風……這樣又有一段短暫的「在一起」的感覺，於是我又可以安心的回家去一個人，等她回來。

我在想：自己是不是太依賴Jessy了？

因為從前我更常整天不在家，或者是在外面過夜（雖然都因為工作），那時候她自己一個人在家，會覺得太過寂靜、甚至孤單嗎？雖然不在家的晚上我都會跟她聯絡，說說一天的狀況、或是問問對方如何，但從來沒問過她「妳一個人會覺得寂寞嗎？」

更難以想像我去東莒島長住的那些日子，每個月離開，每次一走都要兩個禮拜，前後四個月，她也只跟朋友來看過我一次，其他時間都「乖乖」待在家裡，我好像也從來沒問過：「妳一個人會覺得寂寞嗎？」

那時候的我一個人是不寂寞的，因為我有事要做、有目標要完成，而她只是在家裡照常的生活。或許她善於安排自己的日常（畢竟在遇到我之前，她也一個人過了滿長一段日子），並不那麼在意我是否在身邊：回來相聚當然很好，出門去互相想念也不錯。又或許她曾經覺得寂寞，但她選擇不告訴我，因為要讓心愛的人放心去做他想做的事，不要讓他有「後顧之憂」。

我們都沒有被要求，只是很自然地讓對方做自己愛做的事，我們覺得對方的快樂、滿足都可以變成自己的快樂和滿足——你看！這不是委屈、也不是犧牲，反而是多得到快樂和滿足的方式：不只是我做我愛做的事開心，我陪你做你愛做的事也開心，我讓你自己去做愛做的事還是開心，當然當然，我們一起做兩個人都愛做的事最開心。

所以今天我在家裡「乖乖」的等 Jessy 回來，可以得到「她回來陪我了」的開心，也可以分享她和朋友聚會的開心，可以收穫晚上我們又可以在一起做彼此都喜歡做的事的開心……因為確定等得到對方回來陪伴，所以可以接受自己一個人的孤單。

啊又要不吉利的說一句：那如果確定對方不會回來了，又該怎麼辦？

我果然是一個擅長自尋煩惱的傢伙。

我只想好好吃頓晚餐

2021/3/17
天氣晴，
霧霾減弱中

我們在說「現在」的那一秒鐘，那個「現在」其實已經過去了，而所謂的人生、甚至所謂的永恆，都是這樣一個一個小小的「現在」累積而成的。

昨天有老朋友來訪（所以沒時間寫日記），說到她婚變之後回到離開兩年的房子，雖然家具陳設如舊，卻沒有一點熟悉感，彷彿是一個陌生的地方，也記不起來在這裡留下了什麼樣的回憶。

我多年以前去臺北時，常借宿她家，回想起那時在她家和她們夫妻以及一干朋友喝酒聊天的樣子，似乎也已經非常模糊，感覺有點像夢境，甚至不太確定到底真的發生過沒有。

雖然說「人生如夢」，但如果真的從夢中醒來，我們不會把夢裡的事物當真，而且也比真實發生過的事情容易遺忘；嚴格來說，夢並不算是我們人生的一部分——因為我們不記得。

但如果是真實發生過的，我們卻不記得了，那這一段人生到底算存在，還是不存在呢？那如果我們的人生只有記得住的部分才算數，那隨著歲月的流失、逐漸的遺忘，每個人的一生豈不都是所剩無幾？

我提出這樣的疑問，有人說這個哲理太深了，不適合在吃晚餐的時候討論。

另一位朋友認為：過去的都已經過去了，所以再去想也沒有用；未來的還沒有到，想怎麼樣也不知能否如意；人唯一可以把握的是現在，現在開心就是開心。所以人唯一要做的，就是讓現在的自己開心，放開胸懷大吃大喝吧！因為吃也是一種及時的、有效的、無可取代的快樂。

但是「現在」是什麼時候呢？我們在說「現在」的那一秒鐘，那個「現在」其實已經過去了，而所謂的人生，甚至所謂的永恆，都是這樣一個一個小小的「現在」累積而成的。

難怪要說「如露亦如電，如夢幻泡影」，這應該不是一種虛無的精神，而是更真確的體會到人生的真諦。

假使對過去的痛苦可以忘懷，對未來的擔憂也可以暫時不顧，但是現在就實實在在感受到了痛苦，那又要如何開心呢？吃喝玩樂，做自己超級喜歡的事，或許可以得到一些快樂，卻無法用來填補已經存在的痛苦。

心靈上的痛苦，或許你還能自己激勵自己、克服傷痛，或者選擇逃避、選擇遺忘，假裝它不存在；它或許就會暫時離開，然後就像一個鬼魅般的躲在暗處，時不時跑出來偷襲你。

身體上的痛苦，卻透過神經不斷的傳輸給你。這下你就很難假裝它不存在了，因為那種不適感就是那樣的連綿不斷，頂多在你非常專注於其他事物時，可以短時間沒有感受，但只要稍微停頓下來，它又立刻排山倒海而來——這樣說有點誇張，那就說不絕如縷吧！

而身體上的痛苦勢必影響到心理：為什麼我這麼倒楣？為什麼老天不讓我過好日子？我這樣的毛病到底什麼時候會結束？難道我這一輩子就得帶著這樣的痛苦活下去嗎？……就算不怨天尤人，也可能自怨自艾。要開心，真的不容易。

假如這個病痛只是一時的，是明瞭原因的，是終究可以治癒的，那你會努力的求治，抱著終將痊癒的希望，或許過程十分漫長，但因為知道總會有個盡頭，因而可以忍耐、可以堅持。

但如果是不明原因的，不知如何對症下藥的，也就不知道什麼時候會結束，那就像是一個苦刑的折磨了。即使你努力的適應它，所謂的「和你的痛苦和平相處」，但這種不適的感覺是否就會日益淡化？還是說它卻越來越嚴重，如大軍壓境般讓你無路可逃？

你也沒辦法妄想：有一天早上醒來，忽然一切的苦痛都消失得無影無蹤。你甚至不介意身體內部的狀況惡化，只要不讓你繼續不舒服就好了——但這是沒得商量的，老天沒得商量，命運沒得商量，你的痛苦的終點只能是生命的終點。

這樣我就了解：什麼叫做「久病厭世」。這麼美好的世界怎麼有人捨得離開呢？充滿無限可能的人生怎麼有人寧願中斷呢？那就是放棄了和痛苦的抗爭、和自己的搏鬥，也顧不得讓所愛的人傷心了——這樣的絕望，我似乎可以理解。

這天的晚餐出奇的好吃，看來我想活下去的慾望還是滿強烈的。加油！（這句話只能自己喊給自己聽，喊給別人聽的都是白喊）。

繞著恆星的日常

2021/3/20

天氣晴，

已經懶得管霧霾了

因為有她，我才不至於墜入無邊的黑洞；因為有她，我才不畏懼不斷來襲的殞石；因為有她，我才有光、有熱、有生命。

一下子就隔了兩天沒寫日記，其實前天沒寫時，我就在想日記已經變成「隔日記」了；昨天又沒空寫，就已經變成札記了。

不知道為什麼，每天早上起床時總覺得是漫長的一天，不知道要做多少事情來打發，卻不知不覺的到了天黑，該寫的日記還是沒有寫，這樣的生活到底是充實還是空洞呢？我自己也搞不清楚了。

還有一樣搞不清楚的就是「該寫的日記」：到底是誰規定我「該」寫的呢？沒有別

人，就是我自己。那麼我自己違背自己的規定，有沒有關係呢？可以「該寫」，當然也可以「該不寫」，甚至「不該寫」……這就牽涉到自我約束、自我期許、自我要求的問題了。

其實我今年一月一日開始寫這個日記的時候，只是因為「走投無路」，心裡有話不知道跟誰說，也好像不方便跟大家說，所以只好在日記裡自說自話。自己跟自己交談，沒有想到會有一種療癒的功能，雖然跟我服用的抗憂鬱劑也有關，但我覺得從寫日記中面對自己，也不失為平復心情的一種方式。

這和以往所有的寫作、包括在社群媒體的發表都不同，因為唯有這一次，心裡沒有設想到讀者：完全沒有考慮到看的人會有什麼反應，也不在乎別人因而對我產生的觀感，可以說是百分之百的沒有修飾、沒有誇張、更沒有一點隱藏——應該算是一種生命的「自白書」吧！只不過沒有任何一個諮商師或是警探需要我這一份自白。

其實到目前為止，唯一看過這些日記的也只有出版社的B君而已。之所以讓他看，也不是存著想要出版這麼私密性東西的心理，而是因為病情推掉了新書發表會和演講的活動，實在難以口頭向他說明，乾脆就直接讓他看自白書吧！

過了一陣子他才回信，對日記的內容多所肯定，並不認為只是無力的夢囈、荒涼的吶喊，有些話對他人還是有「參考價值」的（這是我自己的形容，他說的還要好些），所以鼓勵我繼續寫下去，將來仍然可以結集出版，只不過考慮到我是否要將自己的病情公諸天下，所以出版的時間可能要再深思熟慮。

接到他的來信時，我啞然失笑，心想這本書或許就可以取名「最後書」，因為它很可能是我這輩子會出版的最後一本書了，說的是出版的歷程，但也暗指生命的歷程。甚至有可能在我身後這本書才會問世，會有誰對一個已經不在世上的人的喃喃自語發生興趣呢？

而且這也不是「遺書」，因為我也還生死未卜，說不定「歹戲拖棚」，還會苟延殘喘個好多年也不一定。這本書唯一的功能，就是見證生命的末期、人生的黃昏，不管是失落也好、消沉也好，或是綿延不絕的哀傷也好，至少我是不寂寞的，我是有人陪伴、有人愛著的。

剛才我就開車載著愛人和小狗，送她去上拍打課程；兩小時後，我還會載小狗去接她，然後載她去買好吃的「所長茶葉蛋」，再去加油站加油，最後到黃昏市場買我們的晚餐，哦還有，到圖書館去還書……她會不斷的下車、上車，小狗則在打開的車窗裡東張西望，我滑著手機，然後我們一步一步，回到日常生活的軌道，繼續運行。

她就像太陽吧！雖然這樣的比喻已經是老生常談，但我仍然覺得自己就是環繞著她運行的星球：因為有她，我才不至於墜入無邊的黑洞；因為有她，我才不畏懼不斷來襲的殞石；因為有她，我才有光、有熱、有生命。

唉，她的任務實在太沉重了，希望她不會知道，也希望她不會來看這些日記（雖然我毫不設防，她隨時可以看到），我只希望她依然照耀天際，讓我能夠捕捉到最後一絲微光。

有一種牢籠，叫文明

2021/3/21
天氣晴，
沙塵暴接近中

這些文明產物都太好了，而使得人類嚴重依賴而且貪得無厭、不顧後果，即使不斷有人提醒危機將臨，但也只是「言者諄諄，聽者藐藐」……

已經許久沒有看到藍色的天空了，甚至連熟悉的八五大樓也常看不到，始終是灰濛濛的整個城市，有時甚至讓人感到絕望，彷彿再也沒有恢復清晰視線的機會。

而且狀況絲毫沒有好轉的跡象，電視裡已經開始在報導北方大陸沙塵暴席捲的消息，聽說明天就會到達臺灣——本來還說會被東風吹回去的，看來現在是「只欠東風」，蒙古國和中國毫不吝惜的和我們分享他們沙漠化的結果。

其實一切都源自於貪婪：過度的牧養牛羊，造成自然草原的流失；過度的工廠生產，造成空氣的汙染不斷……然後不管是否得利的人，都一樣要承受這樣的後果。甚至不是同一個國家的人，也無法阻止這些沙塵暴的流動，大家一起倒楣。

這個世界已經息息相關，沒有人能置身於外：不管你承不承認地球暖化或是氣候變遷，反正你無法否認環境越來越糟糕、汙染越來越嚴重、人的生活品質越來越差（而且不是那些物質享受可以彌補的），試想：生命的基本條件不過是陽光、空氣、水，我們人類就毫不猶豫的破壞了後面兩項，這不是一種「找死」的行為嗎？

美國的「大學飛機炸彈客」曾發表過一篇〈工業革命及其後果〉的文章，他認為工業革命之後，人類就把自己帶入了各種制約：例如發明了汽車，確實有助於人的快速、長途移動，但人也就因而不能沒有汽車，不但人人都要努力工作賺取買汽車的錢，也必須乖乖遵守因汽車而生的各種交通規則——例如明明附近都沒有車，卻必須空等一個紅燈。

其他所有的文明，所有讓人類更方便更舒適的文明，例如空調、例如電話，到頭來人因為完全依賴而無法自拔，就顧不得這些東西其實對整個世界的環境，或者對人類自由的心靈有怎樣的危害，因為，「已經回不去了」。

要對抗回不去的工業革命，還可以躲回深山密林裡，過著沒水沒電、與世隔絕的生活，但這個終於伏法的炸彈客，根本沒想到人類後來還發展出了網路的世界，那更是不可抗拒、完全依賴、也當然回不了頭的文明。

我們都不由自主地進入了網路的世代、網路的世界，一切由網路來掌控，不管生活、工作、學習、娛樂、社交、資訊、甚至思想……你幾乎無法擺脫網路，也無法想像一天不用手機的情景。很多人只要手機不在身邊就惶惶不安，只要在沒有網路的地方就心生焦慮，只要有一陣子沒收到訊息就懷疑自己被隔絕了，只要一段時間不找個藉口使用網路就感覺不到自己的存在……所有的人都更嚴重的被「制約」了。

從前你還可以想像沒水沒電沒通訊的生活，現在你完全無法接受沒有網際網路的日子。可是所有這些網路控制在誰手裡呢？就是這些網路巨擘，他們主導一切、制定規則、獲取利益……並且隨心所欲，想怎樣就怎樣，不管是政府或人民，對他們有什麼不滿也無可奈何，因為你每天都要使用他提供的服務，再不滿意也得接受，就像我們現在每天呼吸的髒空氣一樣。

原來這都是我們自己製造出來的呀！自作自受、自食惡果，人類一直在努力發展「對自己好」的文明，但因為這些文明產物都太好了，而使得人類嚴重依賴而且貪得無厭、不顧後果，即使不斷有人提醒危機將臨，但也只是「言者諄諄，聽者藐藐」，因為每個人都是「受益者」，也都是「被害人」，這要去找誰討公道呢？

然後這個文明就大到不只可以制約你，更可以「掌控」你。中國沒有臉書、沒有推特、沒有谷歌，因為他有自己的一套系統，可以實施天衣無縫的「數位專制」——科學的發展讓極權統治更容易出現、獨裁者更能隨心所欲。「一九八四的老大哥」晚了三十年卻終於噩夢成真……任誰也沒有想到網路科技的發展對人類是如此的負面吧？

而且所謂的西方世界、或是自由世界又何嘗不是如此？網路巨擘毫不掩飾的支持特定政客，嚴重介入選舉，甚至影響許多政策的制定，只有他們同意的、看得順眼的才容許出現，否則就封鎖你、取消你、讓什麼人都找不到你的存在……這些面帶笑容的「暴君」才是最可怕的。

因為，你的什麼事他都知道，你的什麼事都要靠他，他才是決定你「生死存亡」的力量，而且，你可能還沒察覺：這件事有多嚴重。

管他呢！絕大多數人關心的可能只有訊號夠不夠快、流量夠不夠大、關注夠不夠多……而不是誰在掌控你的生活。

總有無法逃避的一天

2021/3/22

天氣陰，

沙塵暴來襲

總是肖想著哪一天問題就忽然迎刃而解，其實只是在任憑情勢惡化，直到不可收拾為止。

認真想一想：我的一生其實都在「逃避」。

曾經很自豪的對訪問我的記者說：「如果我這樣算是成功的話，我成功的祕訣就是不做我不能勝任的事。」一直覺得自己講的很有道理，「勝任愉快」不是嗎？所以只要不去做自己覺得困難的事，自然一切就可以很順遂了。

可惜人生不是只有一件事而已，還有其他許多的事，是我沒辦法做好，而且還可能是非做不可的：例如人際關係、例如婚姻、例如親子、例如和家人的關係……如果做不好，難道就不做了，就「擺爛」讓它變得越來越糟嗎？這樣一來，即使你的事業是成功的，其他這些方面的失敗，可能也讓你的幸福快樂大打折扣。

後來想想，這應該是因為我的個性軟弱吧！其實沒有挑戰困難的勇氣，也沒有冒險前進的意志，只想「順風順水」，趨易避難，結果可能運氣特別得好，上半輩子過得也算不錯，至少在世俗的標準是這樣的。

然後我「出事」也就是因為這樣的個性：明明有了重大的裂縫，非但不去盡力彌補，反而故意視而不見，甚至去尋找其他的出路——到最後當然就是落入毀滅的絕境！其實在冥冥之中，這一切應該是注定好的，我也任憑自己坐在高速狂奔的車上，落入萬丈深淵……

回想起來，我人生唯一面對挑戰、克服困難的階段，反而是在國家公園擔任解說員時，努力的獲取生態知識、了解自然環境、同時學習化繁為簡的向遊客解說。雖然仍然占了「會說話」這個便宜，但是那時候我確實超乎努力、用盡方法的讓自己成為一個好的解說員。如果我這一生真的有什麼「勉強」（日語，努力學習）、真的有什麼「用功」的付出，也就只有在這時候了。

好像我的努力，都只在於為了「彌補」什麼：高三的時候，驚覺自己高中前兩年都在玩樂，而如果不上大學就不能再玩下去了，因此才會焚膏繼晷的、懸梁刺股的拚命苦讀，記得那時每個禮拜至少有兩個晚上是徹夜不睡在讀書的，所以也才能硬生生的擠進大學。

而我之所以去讀中文系，也不是真的對文學或者創作那麼充滿熱忱。是因為數學不好，不可能去讀理工，因此只能讀文組；又因為英文不好，害怕讀原文書，只好逃到中文系去。在中文系裡也沒有好好用功，憑著自己的小聰明混到畢業。至於進一步考研究所，那更是想也不敢想的。

想想我的一生，就是這樣「鬼混」過來的吧！混得好，是我的運氣；混不好，是我活該。在別人眼裡看來功成名就，甚至富貴榮華的我，其實心裡面是空洞的，或者說空虛的，我不覺得我配得到這些——這真是最不「勵志」的故事了，希望沒有人會跟我學習，我想應該也學不來。

面對困難，就選擇忽視或者逃避，這樣的人應該是個失敗者才對。對自己不利的處境，我也好像是用同樣的方式對待，總是肖想著哪一天問題就忽然迎刃而解，其實只是在任憑情勢惡化，直到不可收拾為止。

可能沒有人這樣看我（畢竟這是深藏的祕密呀！），當然也更不會有人勸誡我，我也不會自我反省，應該是這一次生病才讓我想通這一點，我確實是個軟弱和逃避的人，但看來這一次是逃不掉了。這也無話可說。

老天的禮物

2021/3/23

天氣陰晴不定，

如我的心情

這個女孩在我出生之後十年才誕生，又過了三十幾年才和我相遇，如今和我長相廝守、「相濡以沫」，是怎樣的命運之線教我們連在一起，而且這樣的緊緊纏綿呢？

今天和Jessy一起回臺中去探視手術後的媽媽，在醫院擁擠的樓梯裡，看見護士推了一個新生的嬰兒進來。所有的人都靜靜看著這個嬰兒，看他骨碌碌的大眼睛，好奇地看著這個世界，大家都在心裡說著：「歡迎來到這個世界啊！」直到護士把他推走為止，每個人又都恢復了原本搭乘電梯時會有的散漫的目光。

看著那個小小的嬰兒時，我心裡在想：這樣一個小生命是從哪裡來的呢？是怎麼形成的呢？是怎樣的機緣使得他出現在這裡呢？他或許，不，應該是不會記得這一幕，但我可能不會忘記。

那樣小小的身軀、小小的手腳、小小的一呼一吸之間，生命就這樣形成了，而且開始了他自己獨一無二的旅程，就像這個地球上的另外七十億人一樣，每個人都各自有不同的旅程，有些人相遇，有些人錯過，有些人則有更深的羈絆。

後來去看媽媽的時候，我心裡還在想著這個小嬰兒，六十六年前的某一天，我也是這樣離開母親的身軀，開始邁向我的人生旅程。

媽媽的身體不再疼痛，氣色也好多了，其實回想起來：我這個「第二波」抑鬱，就是從她膝關節手術之後、骨頭碎裂的壞消息傳來時，又開始變得嚴重起來了。怨嘆自己的相隔遙遠，怨嘆自己的無能為力，也怨嘆我們一家人的壞運氣……這樣的焦躁不安和沮喪，使得我如無頭蒼蠅般在家裡亂飛。

這樣當然是於事無補，幸好有弟弟和弟妹的就近照料，也找到了很有愛心的看護，眼看媽媽一天一天好轉，那我的抑鬱是否也該逐漸解除呢？

聽媽媽訴說了一大段病情（其實上次來時大致都聽過了，不過對病人來說這是最重要的事，還是要說清楚講明白）之後，病房裡沉寂了下來，只有外面走廊推車經過的聲音，媽媽忽然牽起身邊Jessy的手，哽咽著說：「謝謝妳照顧兒子。」（我不確定是否有謝謝兩個字，但確實是這樣的心意），Jessy也緊握住她的手，說：「互相照顧。」

我心裡非常感動：這是怎麼樣的緣分啊，這個女孩在我出生之後十年才誕生，又過了三十幾年才和我相遇，如今和我長相廝守、「相濡以沫」，是怎樣的命運之線教我們連在一起，而且這樣的緊緊纏綿呢？原本原本，她只是世界的一個角落裡，和我完全無關的一個人，一切就從那天她打開收音機，聽到我主持節目的聲音開始……

這真是老天給我最好的禮物了！也是最大的禮物。而我也希望自己是她的禮物，有一次她特意唱歌給我聽：「如果不是遇到你，我不知道在哪裡。」其實這又何嘗不是我的心聲？而且，因為她，因為一個這麼好的人，我也變成了一個更好的人——當然，總還不夠好。

媽媽八十六歲了，歷經病痛，仍然有強烈的求生意志，比起我這個軟弱逃避的兒子，我好像沒有承襲到她的這個基因。幸好老天安排了Jessy給我，她就是那一股讓我面對世界的堅強力量，我也盼望我們的愛能夠讓彼此更強大。

總而言之，我是沒有什麼理由不好好活下去了。我也想呀！

投降日

2021/3/29

天氣晴，

期待大雨中

瘂弦的詩說「今天的雲抄襲昨天的雲」，其實雲彩是時時刻刻都在變化的，今天的根本不可能跟昨天、或過去、或未來的任何一天一樣……

一晃就有六天、幾乎一個禮拜沒寫日記了。總是莫名其妙的拖拖拉拉，有事做就找事做，沒事做就東混西混，眼看天黑了準備晚餐，這一天的日記也就不用寫了——我完全像個偷懶的小學生。

但這是為什麼呢？寫日記不是為了要和自己對話嗎？那麼是因為我跟自己經無話可說，就像青少年逃避父母親問到學校的事一樣嗎？還是說寫日記是為了自我療癒，我的心理狀況已經好轉，所以不需要靠寫日記來抒發了？

還是跟小學生一樣的理由：啊今天就跟每一天一樣啊！既然都是重複，有什麼好寫的呢？瘂弦的詩說「今天的雲抄襲昨天的雲」，其實雲彩是時時刻刻都在變化的，今天的根本不可能跟昨天、或過去、或未來的任何一天一樣，那為什麼我們覺得一樣呢？就是因為沒有「用心」觀察，總覺得雲就是白白的、一片片或一朵朵的在那兒，「不都是一樣的嗎？」

只有看雲的人知道雲的不同，也只有認真過日子的人，知道每一天的不同。其實我們每天都一樣的起床、用餐、工作、休閒、聚會……用的時間不可能一樣；即使日程表非常確定，內容也會不一樣。就像你每天即使看同一本書，也在看著不一樣的情節，除非是念經才會重複吧！在念經時候的心情，想必也是每天不一樣的。

那我們為什麼會有「日復一日」的感覺呢？為什麼會覺得「歲月如梭」，又為什麼覺得是「似水年華」呢？是因為覺得每天每天都大同小異，沒有什麼可喜可愕之事，所以才覺得日子過得特別快，只像是不斷重複的錄影帶重播嗎？

還是說日子過得太順利了，一切照本宣科、照表抄課，沒有任何起伏跌宕，也沒有什麼艱難險阻，河水如果順暢，自然流動的特別快速，而不是蜿蜒轉折、九彎十八拐……

所以日子不好過的時候，我們說是「度日如年」，既然我現在每天的生活如此順暢，甚至連撥出寫日記自言自語的時間都沒有，那我過得到底是單調貧乏、還是生動流利呢？

上次說過：「有些人三十歲就死了，因為他一直在重複相同的日子。」這要是聽在勞工階級或者上班族的耳裡，豈不是要氣死了？大家不都像工蟻或工蜂一樣的蠅營狗苟嗎？還好一週至少還有個週末假日（應該感謝上帝嗎？），不加班的話生活多少有點不同，否則豈不是有如活在煉獄一般？

那麼已經退休的人就更可怕了！因為沒有了工作，可能也就沒有了目標、沒有了挑戰，從前只巴不得早一天能不工作，現在真的沒事做了才發現二十四小時是如此的漫長，不知道該如何打發是好？

這一生沒做過什麼正經的工作，也就是一般人所謂朝九晚五的工作，也沒有過什麼真正的雇主和客戶，完全就是個「文化個體戶」吧！所以我自己擁有的時間是非常多的，我應該是很會處理閒暇時刻的，年輕的時候也從來不覺得有什麼無聊，反而覺得無聊的人很無聊，生活如此多采多姿，怎麼會有百無聊賴的想法呢？

現在想來：那時候總覺得有大把大把的時間可以揮霍，所以愛幹嘛就幹嘛；現在雖然還是愛幹嘛就幹嘛，卻明顯覺得日薄西山、時間不多了。因此產生了矛盾的心態：很怕每天會有什麼不同，有什麼意外來打擾了平靜的生活，卻又擔心這一天太過日常，跟每一個昨天都沒有什麼不同，那這樣多活一天或者更多天，又有什麼價值呢？

大概就在這樣矛盾的心態中，我有意無意地逃避著寫日記，省得自己去質問自己，而且自己也可能對自己無言以對——然而終究是逃不掉！今天算是我的投降日吧。

還好是跟我自己投降，而心懷慈悲的我，想必是不會虐待俘虜的，好里加在。

一切都是命定

2021/3/31
天氣晴，
空氣好轉中

以前看到新聞報導，有「久病厭世」這樣的字眼，心裡總覺得不屑，難道沒有跟痛苦搏鬥的勇氣嗎？現在才知道：無止無盡的痛苦，甚至會比生命的消失更令人害怕。

一般人在說到「生老病死」這四個字的時候，多半是不痛不癢的感嘆，隨聲附和，或者照本宣科的轉述，大概很少人認真思考這回事——除非親身有所經歷。

仔細想來，其實令人不寒而慄：因為這一切都是這麼的命定、無奈、身不由己，用通俗的話說就是「萬般皆是命，半點不由人」。然而如果人的命運早已注定，那麼一切的努力、掙扎和抵抗豈不都是徒然？

先說「生」吧！一個人要在哪裡出生、在什麼樣的家庭出生、出生為一個什麼樣的人，當然都是由不得自己的（甚至也由不得他的父母），當出生的那一刻，就算你的身體和心靈都有成長和改變的可能，但你所置身的環境、年代，以及你已經擁有的基因，其實都已經是注定了。所以古人會說「寧為太平犬，莫做亂世人」，假如你身為內戰十年的敘利亞人、流離失所的羅興亞人，或是飽受荼毒的維吾爾人……你能夠對命運反抗些什麼呢？很可能只是一聲微弱的吶喊而已。

就算「生」而有幸在一個好的地方，但是接下來無可逃避的就是「老」和「病」了。

老是不可逆的，就是老化、弱化甚至氧化（就像生鏽的鐵），不管多麼的凍齡、逆齡，什麼樣的美魔女、不老男，其實都不是歲月的對手，終究會顯出滄桑的痕跡。你就是變慢了、變鈍了、變衰敗了、變脆弱了……就像一部車子，不管再如何善加保養、珍惜使用，在行駛了相當的里程數之後，即使再不捨得，也必須接受它有報廢的一天——而你可以無數次的換車，卻沒有辦法更換你這一副衰老的軀殼。

老也就老了，我就慢一些、緩一些、認分一些。但老有兩種：一是老當益壯，一是風燭殘年。

如果是後者，那就是疾病纏身、苦不堪言，以前看到新聞報導，有「久病厭世」這樣的字眼，心裡總覺得不屑，難道沒有跟痛苦搏鬥的勇氣嗎？現在才知道：無止無盡的痛苦，甚至會比生命的消失更令人害怕。就像是肉體的無期徒刑，不知道哪一天才到頭。老媽曾經跟我說：「只要哪一天起床，身上這裡那裡沒有一個地方痛，就已經是老天保佑、阿彌陀佛了。」

問題是我也要自己老了、病了，才能體會這一句話。所以對大多數「非老人」來說，他們是壓根兒也不會了解的，或者只覺得老人囉嗦、愛抱怨、只不過為了引起注意？關鍵就在於「病痛」這個東西，不是裝聾作啞，或者修身養性就可以假裝它不存在的，它就是那麼實實在在、分分秒秒的存在著，侵害你的肉體、腐蝕你的心靈。縱然你可以窮盡所有的醫療技術和藥物和它對抗，但很抱歉，你始終會是宣告落敗的那一方。即使短暫的取得勝利，下一波的攻擊也在不久就會到來。為什麼？沒什麼，就因為你老了。

不要去安慰老人，說每個人都會老，所以這是公平的。因為那一點用也沒有，不會讓他覺得一絲絲的安慰和愉悅。或許可以讓他聽下去的只有一句話：「有些人連老的機會都沒有。」

那就是「死」了！每個人都怕死，因為死就代表失去了一切、代表了可怕的未知、代表了末日的降臨。有些人想從了解死後世界去得到安慰，知道死後並不是什麼都沒了，而只是去另一個地方，而且可能是更好的地方，那就沒什麼好害怕，可以欣然就死了。

問題是沒有一個死過的人回來告訴我們真的有那樣的地方。所以我們也只能靠「相信」而已。而有多少相信，就有多少不相信，所以大家仍然是心懷忐忑的在瞎猜死後的世界，而且希望自己不要太早就去那個不知道是否存在的地方。

很多人覺得自殺的人，或是選擇安樂死的人都是懦弱的，沒有珍惜自己寶貴的生命。但是若不是身心上極大的痛苦，讓一個人寧願毀棄擁有的一切，他又怎麼會選擇走上絕路呢？所以我們實在不應該輕易的judge這些人，反而應該有更多的悲憫之心：既然他們「痛不欲生」，那又何必勉強活著？所謂「生亦何歡，死亦何懼？」我們應當尊重這樣重大的選擇，也期許自己一旦面臨關鍵時刻，也能做出最好的處置。

地球不會因為少了一個人而停止轉動，為你的離去而悲傷的親友終將把你忘記，人的存在無非也就是一段又一段，模糊且無法求證的記憶，只要在世的時候，真真切切地感受到活著的喜怒哀樂，那麼此生的悲歡離合，是否都可以坦然接受？

愛是百憂解

2021/4/6

天氣陰

真正情人的擁抱是非常美好的，一種擁有的感覺，一種歸屬的感覺，一種可以彼此依賴的感覺，一種好像再也分不開的感覺……

今天想要來講一講「愛」。

愛是我們唯一可以用來抵抗生老病死的力量。

有一首歌的歌詞好像是「對你愛愛愛不完」，嘴上要講愛、手上要寫愛，甚至大聲地唱愛都不算太困難，但是我們很少認真的去想：愛到底是什麼？

愛就是「注視」：我看著你，你看著我，眼裡充滿了愛意，所以說是一「見」鍾情嘛！我們很少和別人目光對視，不小心碰上視線了也要趕快移開，免得被以為是色狼、變態、跟蹤狂……最起碼不能沒禮貌的瞪著人家，否則招來一句「看三小」而被痛打一頓的機會也不是沒有。只有相愛的人可以互相注視，甚至是凝視，好像是怎麼看也看不膩似的，情人「眼」裡出西施、相「看」兩不厭……可見得人類的愛情是「視覺系」的。

就連動物你也不可以注視，一般如果對上牠的眼睛，牠就會把你當作敵人，甚至起而攻擊——只有小狗例外，牠可以跟你深情款款地互相注目許久，而且據專家研究說：這時候不管人跟狗，都會充滿了幸福的感覺。

那就更何況人和人的互相凝視了，難怪我喜歡看著Jessy美麗的雙眼，心情就會平靜下來，覺得溫暖而且柔和，然後就心中竊喜，慶幸和這樣美好的女子互相擁有。

再來就是「碰觸」：這應該是從兩小無猜的時代就開始了吧！你會自然地想要去碰觸美好的、喜歡的事物。對於喜歡的人，就會想要碰觸他的肢體、他的肌膚、甚至只是他飄拂的髮絲……讓我們感覺可以拉近彼此的距離，有機會發展更全面的深入的關係，最後甚至到不分你我、合而為一。

所以，美好的感情關係都應該是從牽手開始吧！一個人願意把他的手交給你，你「掌」握的不只是他的手，還包括他對你的親近和信任，包括你們會同向而行，邁向人生可能的旅程。也難怪在我國小跳土風舞時，女生死也不讓男生牽手，寧願抓一根樹枝讓兩個人握著，因為牽手這個看似簡單的動作，其實是愛情過程中的重大儀式，對許多較為靦腆的人來說，「初牽手」或許比初吻更令人心神激盪呢！

如果是肌膚的接觸，那就更為親暱而美好了，好像深怕打破一個陶瓷做的白玉觀音，輕輕輕輕的觸撫著、感受著、也巡弋著……希望這一片愛情的疆域是無限的廣大。當然這也是有風險的：如果照古代的說法，「肌膚之親」指的就是「床笫之事」了，所以怎麼樣適可而止，留下無窮的回味，就像茶的回甘、酒的餘韻，可也是一道人生的課題呢。

接下來就是「擁抱」了：這個在歐美國家已成為社交禮儀的行為，對大多數國人來說，仍然不是一個輕易可以做到的舉動。或許好朋友許久不見可以抱抱（對法國男人來說，許久的定義對男性是五年，對女性是五分鐘，哈哈），給人鼓勵或安慰時也可以來個「愛的抱抱」，但總不會忘了手掌要在對方的背後拍幾下，好像這樣就可以劃清男歡女愛的界線——意思就是「幫你加加油而已，不要想太多」。

真正情人的擁抱是非常美好的，一種擁有的感覺，一種歸屬的感覺，一種可以彼此依賴的感覺，一種好像再也分不開的感覺……說穿了就像登山攀岩時的「確保」，當你還可以兩廂情願的和情人相擁入懷，那就是在確保你們愛情的溫度依舊熾熱，而不是冷冷淡淡的打招呼：「回來了。」「哦。」「吃飯吧？」「好。」「誰先洗？」「你。」……感覺就像是住在冷凍庫裡呀！

所有的伴侶，每天每天，千萬都不要忘了擁抱，而且不是形式上的抱抱，而是全心全意的「投懷送抱」，真摯而深切的感受到彼此身心靈的交流乃至融合。我最喜歡緊緊緊緊的抱住Jessy，到了一個「間不容髮」的程度（不要到呼吸困難就好了），然後在口中喃喃的念著：「溶化、溶化……」，好像把兩個人各自打散了、然後再融合在一起——這不就是「你泥中有我、我泥中有你」的歌詞嗎？而真正的愛情，不也正是「你中有我，我中有你」嗎？

看來明天早上，我可以少吃一顆抗抑鬱的藥了。

我又開始哼歌了

2021/4/12
天氣晴

對抗人的身體和精神上共同的惡魔「抑鬱」，的確不是一件簡單的事，除了一定要仰賴藥物，也需要不斷的對話來挖掘自己、面對自己。

我好像完全「復原」了，簡直就像個「小奇蹟」——指的當然不是我的身體，這個部分還要等我去探視肝臟裡面的傢伙有沒有繼續長大，還要去測一測B肝病毒有沒有像兔子般拚命在繁衍……但是精神上卻似乎恢復了，而且狀態是許久以來最好的。

首先，我又開始哼歌了，不管是在浴室或樓梯間（沒辦法，誰叫這裡的迴音好），之前聽人說，心情好才會一邊幹嘛一邊唱歌，我才注意到自己好久沒有不自覺的發出歌聲了，而且聽說唱歌正是最快樂、最有益健康的活動，這說明我不健康許久、也不快樂許久了。

真的不是自己「強顏歡笑」、故意為唱而唱的，就很自然有記得不記得的歌，從腦海中出現、從聲道中爆發，老實說，有時候還真的有點「吵」——連Jessy也這麼說，打破了家中許久以來有一點沉悶的安靜。

甚至連講話也變大聲了，就是所謂的「大嗓門」吧！還常常不自覺的會被Jessy出聲制止。以前我常羨慕音量很大的人，覺得他們就是中氣十足，而自己則是氣非常的不足（連體檢的時候吹氣球都吹不起來，吹酒駕也要好幾次才成功），人家說「理直氣壯」，明明我就很有道理呀，原來不是心理影響生理，而是生理拖累心理。

或許因為這樣，既然能大聲講話，想說的話就更多了：偶爾去上個通告，也忽然覺得自己口若懸河、很有說服力；臉書更是破紀錄的一天發了五篇，而且還有兩三篇忍住不發，比起從前想要一天寫個兩三句都覺得力不從心，真的是不可同日而語。

我甚至都懷疑自己是不是變成了「躁鬱」？不過看來也還好，只是覺得靈感泉湧、文筆流暢，只不過恢復到我還不到「老年」的樣子，但那也只不過是一兩年前而已，真的是今非昔比、昔也非今比呀！

記得最嚴重的時候，跟黃越綏老師公開對談，雖然臺下還是有反應，卻覺得自己言不及義。而到彰化二林鄉去演講，硬撐了一個半小時就不行，幾乎要暈倒了。所以才把後來的《煩事問莊子》新書發表會都取消（真的很對不起出版社同仁、主辦單位的朋友以及愛護我的讀者們），心想以後就不上電視、不去演講了……沒想到這下子又上得興致勃勃（起碼是自我感覺良好，但總勝過自我感覺不好），甚至覺得再試試看去演講，也不是什麼mission impossible。

好玩的是：那時候我的處境跟現在完全一樣，即使病情到目前也不知道是否好轉，但那時卻是「萬念俱灰」，現在卻好像「前程似錦」：除了每天讀書、聽音樂、看影片，也仍然一天不間斷的做Podcast，而且在規劃新的「歌唱」單元，看看能不能開創「一千天不打烊」的紀錄。臉書即像前面講的，簡直如火山爆發般的泉湧而出，只怕臉友們來不及看。而新書《賈寶玉和她的四個女人／紅樓夢教你情場職場都得意》也如火如荼，呃，太誇張了，就說順風順水的在進行吧——之前我還說這本日記如果出版，應該就是我的「最後書」，如今果然像B君所說的：我應該還有別的新書會完成。

然而我最深的感受卻是：對抗人的身體和精神上共同的惡魔「抑鬱」，的確不是一件簡單的事，除了一定要仰賴藥物，也需要不斷的對話（不管是自言自語或是跟別人傾談）來挖掘自己、面對自己。

我很慶幸能夠「暫時」脫困而出，也不知道下一次的低潮何時湧來，但至少對於有抑鬱症的人有了同理心，至少知道像吳念真這樣成功的人為什麼也有絕望的時刻，至少知道許多人因而猝不及防的捨棄了自己最寶貴的生命……我們越了解這個世界，就會對這個世界更寬容；我們越了解更多不同的人，就會懂得怎麼樣去愛更多的人。

希望這是上天、神佛、上帝、阿拉、宇宙…… whatever給我的測試、我的磨練、我的浴火重生，假如我真的有機會活下去的話，相信我會活得更好。

最後，就像頒獎典禮致詞一樣，我也要感謝我的家人，也是我的愛人，更是我的soul mate一路以來的陪伴，在愛的路上有妳相隨，我們又如此相知相惜，相信一定能走得更遠更遠……。

哇！今天的內容有夠「勵志」，這不只是「雞湯」，根本就是「巧達濃湯」了——確定是我本人寫的嗎？

多久沒與伴侶談心了？

2021/4/14

天氣陰，

渴盼雨水中

談心不只是談話，而是透過語言做心靈的交流，像是問「晚上吃什麼？」或是「小孩感冒了？」……這種都不叫談心，這種只是生活對話……

上上篇日記講到愛，而且只講到肉體的部分——那多俗氣呀（雖然我們都是俗人）！所以今天一定要來講一下精神的部分。

可是日記裡有這樣分上下集的嗎？好像很奇怪齁？你管我！我又不是寫給你看的；就算你現在在看，反正我寫的時候心裡是沒有你的，雖然紀德（是一位文豪，不是一艘軍艦）說：「文學是因讀者而存在的。」但我又沒有說我是文學，而且作家雖然永遠是一個人在寫作，但永遠也在想著他的讀者怎麼看。大凡知道有人在看的時候，一定是不可能為所欲為、絕對誠實的，由此就可知道有我這樣「不顧一切」的作品，而且你現在能夠僥倖看到，是多麼幸運的一件事。

言歸正傳，那就來講愛的精神部分吧！既然「愛」字的中間就是一個「心」，那麼愛的中心思想應該就是心。而我們講一件事情如果要顯得有學問，就要用條列式，才不會顯得像是信口開河（啊明明就是信口開河咩），而且不能太多條，否則大家會記不住，所以最理想的表達方式就是列出三條綱要。

現在示範一下：愛就是要談心、貼心、交心。這樣是不是很清楚？感覺就是有備而來，一點也不像信口開河。

談心不只是談話，而是透過語言做心靈的交流，像是問「晚上吃什麼？」或是「小孩感冒了？」還是「這期房貸交了嗎？」這種都不叫談心，這種只是生活對話，柴米油鹽、乏善可陳、日久生厭……如果兩個人之間只剩下這種話好說，可以準備離一離了。

談心就是要談你的所思所感、喜怒哀樂，不管是昔日美好記憶，或是將來無窮幻想，或就是當場把對方當垃圾桶，那就說明兩個人有共同的部分、有結合的必要、有相處的價值……這樣的兩個人如果不在一起，那真是天理難容。

再來是貼心，你覺得「有求必應」很讚嗎？只有菩薩或土地公才能做到這樣吧！但是對伴侶來說，有求必應根本不算什麼，你還沒有求、對方就已經主動硬了，等一下寫錯了，是應了，那才叫真的厲害！

換句話說：你主動觀察、注意、判斷、猜測而且「超前部署」，滿足對方的各種需求，解決對方的各種問題，撫平對方的各種情緒……總而言之，不等對方打噴嚏，你已經送過去外衣——那才叫貼心嘛！那才是全世界沒有人能提供的服務嘛！不然你能跟別人比什麼呢？金錢、才能、姿色……別鬧了！努力貼心就好了。

還有就是交心：有一種團體活動，就是一個人身體往後倒下，由後面的夥伴來接住他。而且後面那個人不是你的前夫或前妻（那鐵定沒人接的！），而是你的同學、同事或者團體成員，雖然他們應該不至於要害你，但他們也沒有絕對義務保證你的安全，這時候你敢不敢兩手一鬆，把自己的身體，甚至是生命交給他？確實是個人性的考驗。

但是交身體沒什麼了不起（何況還有其他種不同的交法），難得的是交心，就算是熱戀情侶或是耄耋情深（就是老夫老妻啦！哎，我就是愛賣弄學問），也常常會以「不要增加對方的負擔」而隱瞞自己不利的狀態或是低落的心情——其實這是一種極其自私的行為，不但否定對方幫助你的能力，也剝奪了對方和你分擔痛苦的權利，「你自己都擔不住了，不能開口要我分擔一點嗎？難道要我眼睜睜地看你垮掉，才能成全你高大上的愛情嗎？」就連兩條魚都還可以「相濡以沫」，難道人還不如魚嗎？自以為是這種好伴侶的人，最好常常這樣反省。

不是我自誇，這一點我就做得不錯：生病的時候，我就老實告訴我們家Jessy（她只知道我肝病，不知道我抑鬱），我就原原本本告訴她自己有多沮喪、多低潮、多自怨自艾、「甚至連想死的念頭都有」（以前在電視劇裡聽到這句話，還覺得是鬼扯，哪有人會這樣講？真的有）……老老實實交代清楚之後，她很平靜的問：「那我怎麼辦？」

我說：「有保險呀！夠妳下半生沒問題了。」她說保單呢？我一張一張拿給她看，還叮嚀她到時候要找誰找誰，她很滿意的點點頭，好像沒發生什麼事一樣，回過身去繼續看手機。

我真是愛死這樣的老婆了！我不要為自己離開後的她擔心，她也不要為還沒離開的我發愁，這豈不是「絕配」嗎？光為了這一點，我也要活下去——而且我發現：如果我自殺，她應該是領不到保險金，那只好等到「被殺」了。

感覺自己今天寫的日記風格大變，充滿了喜劇氣氛。其實我並沒有真的那麼開心，應該是這兩天「脫口秀大賽」的影片看多了。

失智前，我想環遊世界

2021/4/21

天氣晴

真正可以讓你確信自己活過的就是你的記憶了。不管美好與否，至少往事歷歷如繪，那一幕一幕留存在你腦海中的畫面……

說自己「不怕死」應該是世間最大的大話吧！因為如果你根本沒有面臨死亡，那你有什麼資格說你怕不怕呢？就好像你沒有在森林裡遇見過臺灣黑熊，你如果敢誇口說你不怕，等你真正碰到的時候，應該會嚇到「疶屎」吧！

但我們畢竟沒有多少直接碰到死亡的機會，那個拿鐮刀的傢伙也不會無緣無故出現在家門口，所以相形之下，大家比較怕的應該是「病」吧！尤其是會死的病，電視電影裡只要醫生一臉沉重的說出「絕症」，家屬不是立刻面如死灰，就是當場嚎啕大哭，就好像你參加了一場棒球賽，才打到第三局已經是二十比零，眼看著就要被裁判宣布沒收比賽了，但是你們的選手還是一個也打不到對方的球——這樣的比喻好像太輕鬆了，球打輸了又不會死，而你的人生被「判決沒收」，這才是真正的悲慘吧！難怪令人害怕。

以我現在有限的經驗來說，除了退伍那一年出了重大車禍、跟死亡擦身而過之外，也就只有現在了。現在我倒不是很怕腫瘤，也不是很怕病毒（這樣說不是為了吹口哨壯膽，而是有我更怕的），我真正怕的是失智。

人怎麼知道自己活過？留下來的照片不算數，別人對你的說法也不算數，真正可以讓你確信自己活過的就是你的記憶了。不管美好與否，至少往事歷歷如繪，那一幕一幕留存在你腦海中的畫面，不就像一格一格的電影膠卷一樣，組合出了你的一生？據說人在瀕死時，這部影片會在腦海中快速播出——我是還沒有這個經驗啦！不知道到時候看到的會是一部奧斯卡得獎片、還是一部乏人問津的大爛片？

失智最可怕的就是失憶，患者會不記得自己所發生過的事，也不記得自己身邊的環境，甚至不記得自己所熟悉的人，所以他完完全全變成了一個陌生人，而且是一個沒有過去的陌生人。

請原諒我這麼說：我實在不知道像這樣活著還有什麼意義。當然有人會說可能會慢慢變好呀，有人會說有時候他還是認得我的，也有人會說不管怎樣那是你的親人不能放棄……但我要舉一個悲慘的例子：中部某位醫生，把他失智的老母親用鐵鏈綑在家裡，消息走漏之後鄰里激憤、輿論大譁，這個可憐的兒子解釋說：不得不這樣，因為她媽媽會在房子裡大便，而且把糞便塗的滿牆都是。這、這真叫人情何以堪？

假設他拍下了這段影片，再假設這位媽媽偶然清醒的時候，把這段影片放給她看，你想她會相信那是她本人嗎？她能接受自己變成這種不堪的樣子嗎？她不會希望自己乾脆死了算了嗎？

這不是細菌和病毒造成的，也不是因為器官的衰退或老化，其實人類到現在也還搞不清楚這個東西，不管是阿茲海默症、帕金森氏症、亨丁頓舞蹈症，都不知道究竟是怎麼造成的，也不知道有什麼方式可以有效治療，這才真的是一種「絕症」——因為已經失去了人生的人，其實就已經「死」了，只是他的肉體還在而已。

我想來想去，只想到一種解釋：就是那個人的「靈魂」出走了。所以身體還在、意識還在，但是真正屬於他生命的部分已經離開，所以他什麼也認不得、什麼也記不得，這樣來解釋不就合理了嗎？而且病況有時候發作有時候沒事，不就正好說明他的靈魂來來去去，正在飄移擺盪之間？

用沒有靈魂的人來說明失智症患者，我想是再適合也不過了，這不是一種病，這是另一種方式的死亡。

所以我現在雖然過了抑鬱期，不再有輕生的念頭，但我假如發現自己開始失智了，我下定決心一定要提前主動結束自己的生命，否則當你只剩下一個沒有靈魂的空殼，完全成為家人的拖累，甚至整個社會的負擔，而自己又絲毫沒有生命的目標、活著的理由、可以憑藉的回憶，那請問，請問有什麼理由還要讓自己「苟活」呢？

這樣問或許不太合適：如果你的親人非要得到無法治癒的癌症，或是越來越惡化的失智，你寧願選擇哪一種？這時候我們才赫然發現：原來有比意外死和老病死更可怕的死亡！

如果真的有那一天，我就瞞著親人，想辦法用假名去搭乘環遊世界一百天的郵輪，不要洩漏我的身分，銷毀所有的證件，在船上第一次發現自己失智又僥倖恢復正常的時候，趕快趁人不注意跳下海去，悄悄地從這個世界消失，誰都不知道，不會有人來找我，我也不必讓任何人懷念。

如果運氣不好沒死成功就失智了，反正他們也不知道我是誰，他們也不會為我痛苦，他們會怎麼處理我，我也不知道……我這樣有沒有很阿Q？但是能想出這麼「浪漫」的情節，應該證明我至少到目前還沒有失智吧？好里加在。

如果想活，就養隻小狗

2021/5/27

天氣晴，但多雲

不是說要功成名就才不叫白活，而是你死了以後，還能活在幾個人的心裡？如果現在就已經沒有人的心裡有你，換句話說，你的存在根本無關緊要……

距離上一篇日記，已經超過一個月了，日記已經變成了月記，再下去可能會變成季記，再下去就……灰飛煙滅，什麼也沒有了。

為什麼會荒廢了那麼久呢？也不是因為感情上受了什麼打擊，覺得萬念俱灰、心如槁木，根本無心再來使用文字。主要是因為把重心放在寫《一本搞定高中國文素養》這本書上，一冊共有十四課，想要一氣呵成，所以就顧不得寫別的了。

現在總算告一個段落，又可以回來寫日記了，但是真的，人事全非。

疫情忽然全面擴散，每天都有好幾百人確診，好幾個人死亡，全臺灣自主封城，路上的人都不見了。我們家樓上可以看到熱鬧的博愛路，以前在晚上一邊滿滿的黃燈，一邊滿滿的紅燈，整條路上幾乎整夜都塞滿了車子；現在不管黃燈紅燈都不見了，只有綠燈一路高高的掛著，但一點用也沒有，馬路上根本沒有車。

每個人都盡量的關在家裡，都變得「自閉」而且「孤寂」，還帶著一些「恐懼」。這時候卻覺得我占了一些優勢：我本來就常宅在家裡，一整天不出門也是司空見慣，甚至還曾經開玩笑說：「可不可以自願去申請隔離、還可以領補助金？」我的手機經常一整天沒有任何響聲，後來就乾脆把它關靜音了，反正也不會有什麼值得理會的事。本來就不擅交際的我，也沒有什麼經常來往的朋友，所以封閉和隔絕對我都不是問題。而恐懼則更小：規定的防疫措施我還是會做好，這是國民應盡的基本義務嘛，但我一點也不擔心自己會染疫——不是我勇敢，而是跟一般人比起來，我可能曾經離死亡比較近一些，現在心裡也還做著隨時可能向死神報到的準備，早已經想過「為什麼是我？」，現在已經能夠從容地接受「那我就我吧！」

反正在上一次最恐懼的時候，已經把身後事都安排好了，再回想自己的一生，也是夠豐富曲折燦爛的，如果自己評斷，也會打四顆半的星吧！那應該可以走的沒有什麼遺憾了，如果真的要走就走吧！只不過可能得跟老媽說一句：「不好意思，兒子先走一步了。」

當然還是會想到那些被病毒攻擊致死的人，還有他們傷痛的親友，在防疫狀態下甚至可能沒辦法送他們最後一程。不過死就死了，多幾個未必誠心捨不得你的人圍繞在身邊，未必就會死得比較安心一點。主要還是想一想自己這一生有沒有白活吧！如果白活了，那也就死不足惜。

不是說要功成名就才不叫白活，而是你死了以後，還能活在幾個人的心裡？如果現在就已經沒有人的心裡有你，換句話說，你的存在根本無關緊要，那你真的可以隨時去死了，一點都不用惋惜。

很多抑鬱症的患者不就是覺得自己一無是處、對誰都不重要、這世界沒有了我也沒關係，因而才選擇輕生的嗎？這樣反推回去，我剛才說的那些貌似殘酷的話，其實是很有道理的。

但是黑暗中總有曙光：同理可證，你如果想活下去，養一隻小狗就行了，小狗一定在乎你，小狗沒有你不行，你的存在至少對小狗有意義……那你就為了小狗而活下去吧！我可以保證：你也一定能活在牠心裡。

有人求生而不可得，有人卻對世界毫無眷戀，而大多數人只想活著，並且希望這個世界能變得好一點——瘟疫把我們變得十分卑微，但不知道是否已學會謙卑？

人類是地球的病毒

2021/5/28

天氣晴，但是雲很多

大量減少人口，除了降低人類的糧食和飲水需求，也可以讓地球的萬物生養休息，讓環境得到片刻喘息……對人類或許是一場浩劫，對地球和萬物卻都是好事。

確診人數每天仍在以五六百人的速度增加中，我比較悲觀，或者說我現在比較悲觀，感覺大家自動封城可能不只一個月，說不定是半年，我們能做好半年被困的準備嗎？身心經濟各方面都受得了嗎？我懷疑。

這麼說也許很不應該：但是我真的很佩服這個病毒，它的求生意志實在太強了，或者說，它太會忍了。一般的病毒為了急著傳播，會讓宿主咳嗽或打噴嚏，藉著飛沫把自己送到另一個宿主身上，但也因而被發現有異，可以對人治療或隔離。

但這個COVID-19很厲害，它可以完全不動聲色，讓宿主根本沒有症狀，卻帶著它到處傳播，根本就防不勝防。所以以前我們聞發燒色變，聞咳嗽喉嚨痛色變……現在它卻若無其事地讓更多人在毫無防備下被感染，而且，紛紛死去。

它強悍的生命力，還顯現在不斷地變異，其實除了瑞德西韋＊，人類還沒有可以治它的藥，而瑞德西韋也只是緩解症狀而已，但它卻很有危機意識的、不斷地變異，等到根據最早的它研發出來的疫苗問世時，它早已「面目全非」，未必是你對付得了的。

現在不管打了多少疫苗，其實人類打的嚴格來說還是「安慰劑」，因為你根本不知道是否真能產生抗體對抗COVID-19現存的各種病毒。

照理說感染過某種病毒，人的體內就會產生抗體，再也不會被這種病毒感染——可是就有人不斷地復發，打臉這種理論。而打過兩劑疫苗的人，也一樣有再確診的——其實不管七〇％或九〇％的保護力，都承認了疫苗不是絕對有效，那我們又怎麼能妄想：只要打了疫苗大家就會沒事呢？

病毒的求生意志可強了！而且這個病毒看來很聰明，既會隱形，又會變形，豈是這些匆匆上陣的「不完全疫苗」所能徹底打敗的呢？回首人類歷史，除了天花，我們也從來沒有完全打敗過、滅絕過任何病毒，這一次又有什麼愚騃樂觀的理由？

這樣講好像在唱衰人類，可是就人類全體而言，病毒的肆虐未必是壞事，大量減少人口，除了降低人類的糧食和飲水需求，也可以讓地球的萬物休養生息，讓環境得到片刻喘息……對人類或許是一場浩劫（也不過就是減少一些人口，歷史上人類不是也不斷地發動戰爭來幹這件事嗎？），對地球和萬物卻都是好事——那我們到底應該支持哪一邊呢？

我自己是人，不和人站在一邊似乎說不過去，而且很多人因為瘟疫而受苦死去，我也很難無動於衷。但站在人類歷史的長河來看，每一次大瘟疫，例如黑死病、西班牙流感之後，往往迎來人類文明的大復興，那麼我可以斗膽地說「瘟疫對人類全體，其實是短多長空」嗎？大家就算不能樂觀其成，最起碼可以靜觀其變？

這種言論要是公開發表，不被咒罵的口水淹死才怪，幸好這是我的日記，我自己寫高興的，但也留一個紀錄，我們等著瞧。

注：二〇二一年六月八日，臺灣CDC宣布不再將瑞德西韋列為抗COVID-19病毒藥物。臨床證實，類固醇、抗體藥物才是真正可減低死亡率的重要藥物。同年十月，美國藥廠默沙東集團研發出抗COVID-19病毒的口服藥莫納皮拉韋（molnupiravir），並申請EUA，為全球第一種對抗新冠肺炎的口服抗病毒藥物。

You Are What You Live

2021/5/30

天氣陰，期待雨

身體也不是故意整你，它只是回報你而已。你這一輩子怎麼濫用它、糟蹋它、折損它……它們就老老實實的「還原」到你現在的身上。

如果檢視一下我的「全體」，其實都已經「壞了了」了。

雖然腳底沒有流膿，但頭上倒是經常長瘡，大概只要我自己用刮痧棒刮一刮，就會長出好幾顆氣結來，真的太癢了，就用面速力達母搽一搽，有時候會消掉，但再刮個幾下又出來了，無可奈何。（也不是我愛刮，但有時就是覺得頭皮緊緊的，感覺氣不順）

由上往下數吧：眼睛也不好，遠視、老花、散光「三合一」就算了，有一隻眼睛其實已經測不出視力，全靠另一隻獨力撐著，負擔想必很重，尤其我的閱讀量又那麼大，只能在心中期望它撐得久一點，或者安慰自己「一目了然」可以看得更清楚，當然這是一句屁話。

耳朵則有嚴重的耳鳴，平時像蟬鳴，感覺自己一直住在一座森林裡；嚴重的時候簡直像鐵工廠在開工，真的是吵死了；偶爾也會寂靜無聲，忽然變這樣就感謝得要死——感謝他馬的暫時讓我沒有耳鳴的未知力量嗎？

不只這樣，聽力也是不好，想來早晚是得掛上助聽器的。而我聽力不足，竟然被檢查的醫生懷疑是長期在高噪音的地方工作，但我明明是在最幽靜的山裡呀！最後醫生只好下一個最浮濫的結論：「你壓力太大。」

至於鼻子，倒沒有什麼過敏、哮喘或呼吸道的症狀，但是肺活量不足，體檢的時候不是要吹氣球嗎？我怎樣都吹不起來，讓旁邊的小護士從鼓勵變成失望的眼神，感覺她的ＯＳ就是：「你這樣還算個男人嗎？」真抱歉讓她失望了。

但不知是否因為這樣，我經常覺得吸不到空氣，或者沒事就打呵欠，甚至涕泗縱橫，看起來完全像一個毒癮患者發作的樣子，我也不了解這到底什麼毛病，反正「死豬不怕滾水燙」，除非馬上要了我的命，否則我不在乎——也只能不在乎，在乎又怎樣？

牙齒還可以，雖然這裡蛀蛀那裡補補的，至少還堪用，出問題的是顳顎關節，咬合不正，連講話都會出問題（這可是我的謀生工具之一呀！），所以睡覺時必須咬著一個牙套，很不舒服，早上醒來時常看見牙套放在床邊的小桌上，八成是我睡夢中無意識拔下來的，可見我多恨它。

再往下到脖子，有一條變了形的頸椎骨：正常是一個C字形，我卻已經變成了I字形，難怪經常肩頸痠痛，有時候甚至手會麻，應該是被神經壓迫到吧！這件事三十年前侯文詠就警告過我了，終於應驗了——你的身體果然不會放過你！

而且我的脊椎還有另一處變形，身體的部分應該是I字形的，我偏偏又成了S形，因此光是背部左右就不一樣高，當然腰痠背痛也都逃不掉，算是一種「痼疾」。

至於身體裡面的：肝有腫瘤和病毒就不用說了，胃則有胃潰瘍和胃食道逆流，同樣是消化器官，比起來就輕微多了。相對之下，腸子算好一點，早年常常拉稀的毛病已經沒有了，現在反而偶爾會有痔瘡的跡象，那就趕快用面速力達母*搽一下，通常都會阻止它擴大，「土法煉鋼」好像也不是沒效，或許是因為還沒那麼嚴重吧！

看來整個身體裡面只有心臟還好，只能苦中作樂的說：「我是個好心人耶！」

心或許沒毛病（也或許是因為根本沒去檢查），但攝護腺如同所有的老人一樣有毛病，顯然越長越大，因而排出越來越小，有時甚至銜接不上，或者半天不來（跟缺水的景象還滿像的！），這也無可奈何，等哪天嚴重了再手術吧！

至於下半身呢，髖關節感覺不是很健康，膝關節有一個確定壞了，兩腿也經常痠痛

（我到底有沒有不會痛的地方？），所以家裡有一大堆拍打棒，晚上看電視時兩個人一起劈劈啪啪的，外面如果有人聽到，八成會以為是在打小孩，其實是我們都在打自己。

只剩下腳底是好的，雖然偶爾脫皮，霉菌倒是比較少來作怪（或許是因為搬到南部不那麼潮溼），這也是全身唯一比以前「改善」的部分。

這樣檢視一下自己的身體，就知道其實已經「不堪用」了。話說買一輛金屬機械製造的汽車，我們還定期維修保養，它都免不了慢慢壞掉，那更何況是自己的肉身呢？但是車子可以替換，身體卻永遠是那一副，慢慢的退化，慢慢的故障，直到再也開不動為止……這麼「自然」的事有什麼好違逆的呢？痛就忍著，不利索就習慣著，會失能就適應著，你只能跟自己的身體和平相處，因為你不能向它開戰，如果毀了它你只會更早滅亡。

何況身體也不是故意整你，它只是回報你而已。你這一輩子怎麼濫用它、糟蹋它、折損它……它們就老老實實的「還原」到你現在的身上，「天道好還」，所有的病痛無非都是報應，雖然沒辦法唱高調的說「甘願做，歡喜受」，但是確定抱怨是沒有用的，負隅頑抗也是白費力氣，就順著它吧！也就是順著自己。有人陸陸續續得了十種癌症都還活著，還種了滿山遍野的櫻花，比起來，我也不算太差，用著這樣殘破的身體，在生命的末期好好享受、盡情燃燒，也算是「不枉此生」了吧！

今天這樣寫，會不會不小心變得很勵志？或者根本就是灰心沮喪？那就隨便囉，反正我生命中的試卷都已經交過了。

注：小護士、面速力達母都是指同一種現稱「曼秀雷敦」（Mentholatum）的軟膏。

苦樂如晴雨，終將過去

2021/6/2

天氣晴

不以樂為樂，不以苦為苦。該樂的時候我也沒什麼好開心的，不必手舞足蹈，更不需向人炫耀……要像對待天氣一樣，晴也好雨也好，它終究會來的，但也一定會離開。

最近讀書，似乎對人生的苦樂有了新的體悟。

大多數的人是以能得到的權勢、財富、聲名和地位做為快樂的標準，以為如果能得到這些，就是得到幸福的保證；而且也都以此做為人生努力的目標，即使辛苦抑鬱或受屈辱也願意。

可是後來又漸漸發現：得到這些的人，似乎未必快樂，或者快樂的程度也很有限（隨著容易得到而遞減），而又為了保住這些，付出了許多辛苦和憂慮，看來這些都未必保證幸福。

而且為了追求這些，付出的代價實在不低；最後又往往追求不到，那這一生豈不是一場空？看來如果投胎失敗，就幾乎注定要做人生魯蛇。

那可不可以放棄這些客觀標準，而用主觀來認定快樂呢？快樂主要來自於滿足，以及比較。那我如果不追求那麼多慾望的滿足，是不是就會少去很多煩惱，那不也就相對的比較容易快樂？不丹人鐵定比日本人窮，但他們自認為快樂得多；菲律賓人也不會比韓國人好過，卻不像韓國人那麼多自殺。

所以快樂的第一個方法，就是降低人生標準：我不要那麼多，就不會那麼要不到。「知足常樂」，老祖宗不是早就講了？今天只要能夠力抗資本主義的消費魔術，只問「需要」、不問「想要」，那麼只要基本謀生能力還ＯＫ，就沒有什麼理由要比億萬富豪不快樂。

第二個方法就是不比較：當初美洲的印地安人早就自給自足、知足常樂，但是碰到了歐洲人的「彩色玻璃珠」——啊好美的東西呀！啊我們從來沒見過啊！啊我們好想要呀！那我們要用什麼去換呢？於是後患無窮。

你不會想要一個你從來不知道的東西，你也不會想過一個你從來沒聽說的生活，所以只要是一個完全封閉的社會（例如過去的西藏，或者現在的朝鮮），就不會知道人可以用另外一種方式活著，就不會想能夠多要些什麼，就算過得再差也只會覺得那是命，不會有任何憤恨與抱怨……這樣當然是有點愚民，但如果是自覺式的愚民——「我就是不要跟人比較」怎麼樣？

但不管怎麼說，苦就是苦，樂就是樂。吃不飽是苦，穿不暖是苦，身體病痛是苦，人家對你不好是苦……這些都是騙不了自己的，相反過來就是樂。也就是說：這是人自然產生的感覺，不管是多巴胺，或者是血清素，反正能讓人舒服的，你不能硬說它不是樂、硬要人假裝不想要。

所以終極的手段就是：不以樂為樂，不以苦為苦。該樂的時候我也沒什麼好開心的，不必手舞足蹈，更不需向人炫耀，也不要對這種感覺依依不捨。要像對待天氣一樣，晴也好雨也好，它終究會來的，但也一定會離開。

對於苦也是一樣，例如我身體的病毒，我可以忽略它，甚至忘了它的存在。它或許能讓我有點不舒服，但我也不以為意，把身體不舒服視為常態，就像一個缺了手的人習慣自己少一隻手一樣，還是可以過日子，甚至一點也不必被那隻少了的手所困擾——對於所有負面的東西，我們也都可以一樣看待：如果沒有正，那就沒有負呀！如果不覺得樂，自然也就不覺得苦。「分別心」沒有了，對於苦樂就無動於衷了，就是心靈上完全的平靜了，誰能奈我何？

這樣大概就能了解，為什麼有些修行者什麼都不做，一心一意追求心靜，因為心如果真的靜到對外界無動於衷，那真的就不怕什麼苦痛，甚至可以不在乎生老病死了。「究竟涅槃」，看來不需要停止輪迴，只需要把「驛動的心」徹底關掉。

那你說這樣的人生無苦無樂，又有什麼意思呢？所以你還是期望大悲大喜、大起大落，而不願意平平安安的「歲月靜好」嗎？不妨再想一想（其實是我自己跟自己在講），或許人要真的「無敵」，就只有這樣。

就像自古以來總有人追求長生不老，卻忘了之所以叫做生命，就是因為有開始、也有結束，真的會長生不老的只有已經死了的，例如沒有生命的石頭，但你寧願做終究會死的人、還是永遠不死的石頭呢？

那這麼說，就連終究導致你一無所有的死亡，也不能威脅到你的心了，就像你不能因為哪一天可能有颱風，今天就不出去上學，而是應該好好的上學，等到颱風來的那天為止……而且颱風如果過去了，你還是可以上學，哦ya！

——這樣子自我安慰，也不知道能夠撐多久？先這樣唄。

天譴或天擇

2021/6/6

豪大雨

可見神已經存在我們的意識之中，你可以假裝沒感覺，卻無法真的驅逐祂。

心裡突然出現了一個念頭：這次的瘟疫，是外星人決定要滅絕地球。能夠從遙遠的外星來到地球，當然有極高度的文明。這也就解釋了地球上那麼多動物，為什麼獨獨人類能夠在進化過程中，突然擁有了那麼高的智慧與文明，因而掌控了整個地球所有的資源……包括即使現代科學工程也建不出來的埃及金字塔，人類之所以突飛猛進、之所以成為萬物之靈，根本都是因為外星人給的那把智慧之key！

那為什麼我們都沒有見到外星人（所有關於外星人或幽浮的傳說都沒有真憑實

據）？那是因為我們人類的低等智慧，只能想像出和人類近似的有機外星人。以外星人這樣高出我們不只幾千萬倍的文明，誰說他應該是有機的，甚至是具體可見的形象？

說不定外星人就是以「意識」的型態而存在的，根本看不見，但卻能指導人類急速發展各種高度文明，人類的每個文化裡都有最高指導者——神的存在，有沒有人想過這個神可能就是外星人呢？

一個完全看不見的東西、無法證實存在的東西，卻不論地球上任何一個民族，都是如此的敬畏、馴服、祭拜、寄託而且依賴……因為一切其實都是祂給的。

既然說「神愛世人」，但神為什麼忽然不愛世人，要用病毒來摧毀我們呢？因為人類過度狂妄自大，非但不把神看在眼裡，也對世上萬物毫無愛心，盡情地揮霍地球資源，把環境破壞殆盡，把生物逼上死路，甚至放任貧病弱勢的同胞不斷死去……有誰能不承認：人類正在努力的推進地球的毀滅之路？

外星人眼看自己培養出來的人類如此囂張，神眼看著人無止境的墮落，要解救這顆星球唯一的方式（這星球是極可貴的，幾千萬分之一能夠擁有生命的條件），那就是把唯一的、真正的害蟲——人類除掉！

這些病毒就是來執行這個任務的吧？七十億人先滅掉一半，這才是地球的合理負擔；而人類如果在這場巨變之後，能夠痛定思痛，不再繼續傷害萬物（什麼節能減碳、什麼永續經營、什麼對抗暖化、什麼綠色能源……早在五十年前就可以做了吧！卻因為貪婪和怠惰延誤至今），說不定還有一線生機。否則就像上帝毀滅所多瑪和蛾摩拉兩個城，這一次祂應該也不會手軟的，人類如果在這場瘟疫中還是如此自大，還誤以為有了疫苗就可以脫身，那真的就太小看神（外星人）的力量。除了天花，人類其實沒有戰勝過任何病毒，這一次又憑什麼可以倖免於難？我悲觀的認為：這些疫苗終將被不斷變種的病毒所打敗，人類的死亡數字絕不會到此為止。

這種說法當然沒有人愛聽，而且會斥之為怪力亂神──咦這話不就承認了神的存在？可見神已經存在我們的意識之中，你可以假裝沒感覺，卻無法真的驅逐祂。為何這麼多的祈求也不能阻止這個災難？因為祂已經鐵了心，非要把人類滅掉不可！

我當然並不真的希望這樣，我寧願祂們只是要給人類一個大大的教訓，讓我們集體悔改、重整地球、善待萬物──你們這些破人類到現在惡習不改，就喜歡殺來殺去，我派幾隻小小的病毒，輕易的就把你們殺掉更多的人……怕不怕？怕就改，不改的話就等著死光滅絕吧！

說不定黑死病和西班牙流感，也是祂們之前兩次的警告，但看來人類裝聾作啞（或者真的愚騃無知），既然記取不了教訓，當然也改變不了命運。

話說回來，假如我能夠見證地球人的最終結局，也算是躬逢其盛、不枉此生了。阿們。

敬重掌握自己命運的人

2021/6/13
天氣超晴朗

對於決定自己命運的人，我們要有更多的尊重，或許帶一些悲憫，但絕不能看輕。

忽然想到：上次說自己「頭上生瘡腳底流膿」，全身非病即痛的時候，卻忘了提到自己最大的痛苦來源，就是「嘴巴裡感覺很鹹」。

我沒有辦法對任何人形容那種感覺，即使跟最親近的人也一樣。我只能說你去含一口鹽在嘴裡（而且不會化、不能吞進去）一整天，或許約略能體會我的感覺。

這時候就知道：文字和語言看似力量強大（這也讓我們戰勝了所有的動物，發展出改變世界的文明），但其實遠遠不足。就像我永遠沒有辦法體會孕吐分娩的痛苦（武則天最厲害，據此發明了五馬分屍），世界上也沒有人能體會我嘴裡一直很鹹的痛苦，我也沒辦法說到你懂、寫到你痛。好幾個醫生都說：從來沒有碰過這種症狀的病人，網路上有說怎麼能讓嘴巴不鹹（如果上去問怎麼讓地球倒著轉，或許也有人會回答你，當然不一定正確），卻沒有人來分享他嘴巴鹹的經驗。或許有這樣經驗的人也覺得沒什麼好說的吧！又不夠悲慘，也不是奇特（比起雙手雙腳都斷掉，還能繼續當教授，這種小毛病算什麼？），而且更重要的是——又不會死，隨便得個癌症也更能引人關注和同情。

所以我就想到「痛不欲生」這樣的句子。人的最大慾望應該是活下去吧？因為如果沒有生命，就什麼也沒有了——這是假設我們都樂於有些什麼，但如果明明活著卻幾乎什麼也沒有，或者擁有的只能讓你痛苦，完全沒有快樂，甚至也沒有將來能夠化苦為樂的希望……那請問，還有什麼理由要活著？

「上天有好生之德」，所以我們總希望看到活，而不願遇到死。我們永遠不缺努力求生的勵志故事，但如果你說到某人竟然自殺了六次，唯一會得到的反應只是「活膩了」、「別理他」和「神經病」……

唯一可以稍稍被原諒（也很奇怪，他自己的東西不要了，卻會讓我們不高興，到底關我們什麼事？是因為我們心底非常害怕失去這個東西吧？）的是「久病厭世」。病痛不是他自己要的，卻長期的折磨他，又不可能會好，那他不想活也就情有可原了。但是我們不鼓勵、絕對不鼓勵，所以旁邊馬上要加一個「防治自殺專線19xx」，強調絕大多數人還是站在「活」的那一邊，所以「死」是不好的。

但是既然我們無法體會別人的痛苦，而且不是只有身體會痛，心裡尤其會痛，更可怕的是：很可能是根本不知道原因的痛。

例如萬念俱灰、例如了無生趣、例如未來一片渺茫、例如存在毫無意義、例如我走了誰也不在意……我如果不是曾經抑鬱，也不知道人會因為小小的緣故，甚至無緣無故就一直這麼想。一直想一直想，勢必就會走上絕路。

但這有什麼不好呢？我因為不明的原因痛苦，我解決不了這種痛苦，也不想永遠承受這種痛苦，那我唯一的方式就是放棄生命，沒有了生命就不再受苦——這完全合情合理呀！我們憑什麼說自殺是懦弱的、是不負責任的、是沒有顧念別人的（自己都顧不了了還管別人？）……我反而覺得：選擇結束自己的生命，是一種勇敢而堅強的行為，其實和「安樂死」並沒有什麼兩樣。

你說安樂死是因為活得很苦，又無望痊癒——那不就是一模一樣嗎？肉體的苦是苦，難道心裡的苦就不是苦嗎？生一場大病跟失去所愛，你選擇哪一個？

而且不管你再不喜歡、再厭惡再恐懼，死亡並由不得你，這個年頭什麼時候不能死？什麼地方不能死？尤其是這一陣子，死神隨時隨地可能出現在你面前。

為什麼是死「神」而不是死「鬼」呢？大家那麼討厭死，誰要尊死為神？但因為它代表的是命運，龐大的力量完全不容你否定，所以是神。

而你選擇結束自己的生命，其實是主動召喚死神，也等於挑戰自己痛苦的命運，而毅然選擇了死亡的命運——勇敢改變自己命運的人，怎麼會是懦弱不負責？他是為自己「負責到底」呀！

這其實就像參加了比賽，很明顯我就注定輸了，我可以比到底，輸得很慘，然後繼續痛苦；但我也可以說「我不玩了！」不參加就不用比、不比就不會輸、不輸就不會痛苦……有什麼不妥當呢？而如果有來生、有輪迴，那我就再比下一場，要是比不贏，我還是可以退賽，有什麼不好？

我這樣說好像在鼓勵自殺，會不會是因為自己的抑鬱還沒有好？對於想活的人，你勸他自殺也沒有用（絕對會被他痛罵一頓）；因為不知道人家是不是痛不欲生，所以我們也不可能去勸什麼人結束生命，只是對於決定自己命運的人，我們要有更多的尊重，或許帶一些悲憫，但絕不能看輕。

就這樣，今天我還不想死，先把命寄著，先忍著苦，找一點樂——至少我還有愛妻和小狗。

存在論

2021/6/16

天氣陰，滿天烏雲

重點就不在於維持我們的軀體是否健在，而在於我們是否能各自成為生命中每一個人的記憶，尤其是重要的記憶。

人存在，就是活著；人消失，就是死了——關於這一點，應該沒有人會反對。當然人消失了也可能是躲起來了，也有些人活著卻「雖生猶死」……但這些都是特例，先不予討論。

我想討論的是「什麼叫存在」：我要怎樣確定自己是存在的呢？我看見自己的身體、我聽見自己的聲音，我活動、我工作……至少我還在呼吸，誰能說我不存在？對，問題就在「誰」！如果你在家裡、在公司、在跟朋友聚會……有人看到你、認知到你，那你當然毫無疑問的是存在；問題是如果只有你一個人的時候呢？沒有任何人看到你、感知你，你要怎樣證明自己是存在的？

你說傻呀！我不正在上網嗎？發照片、發文章、發訊息……還點了讚、留了言、打了卡……這還不能證明我存在嗎？

答案是不行。因為：誰知道那些東西是誰發的？網路又沒有實名制，我要怎麼知道那是「你本人」？就像苦苓的臉書粉絲團，從來就不是苦苓本人做的，但很多在上面瀏覽、點讚、留言的人，到現在也不知道那不是我，我根本「不存在」，他們卻以為我「存在」，這該如何解釋呢？

退一萬步說，就算在我自己的苦苓（王裕仁）臉書，確實是我親力親為的，但你又怎麼知道：我所發表的意見是我的真心，我所發表的影像是我的真實狀況，我所講的遭遇是我的親身經歷？你們只是看到了一個「我要你們以為我是那樣」的我而已，你們不見得真的了解我，更可能根本不算認識我（很抱歉，雖然你可能曾經為我感動、流淚、歡呼或者憤怒……），那個我可能不是真的我，或者只是不完全的我。

再退一萬步說，就算我在網路上表現的自己百分之百都是真實的（你也知道不可能！誰沒有內心最深處的黑暗，誰沒有不忍再提起的過往），但即使我現在已經死了，還是可以有人在我的LINE、FB和Podcast上繼續播出我的話（錄音）、我的文章（書摘）、我的訊息（代寫）……你真確的感受到我的存在，其實我卻已完全的消失。

所以你看吧！如果沒有人能證明你的存在，你就是死了，至少等於是死了！例如你的中學同學，十幾二十年不見，音訊全無，慢慢的你連他的名字、印象也都不復記憶……那請問對你而言，他跟已經死了又有什麼兩樣？你對他而言也一樣。

而我們對於這個世界上七十億人中的極大多數，就是這樣毫無知覺的呀！縱使他們確實活著，對我們也毫無意義，反之亦然。所以我們到底要怎樣才算存在？怎樣才算真正的活著？

應該就只剩下「記憶」了！

我記得你，記得你的音容笑貌，記得你的言行舉止，記得你的高聲歡唱，也記得你的徹夜暢談……其實你就像我腦中的一個晶片，裡面有我所知的你的一切，雖然未必完整，但是相當真實，你其實就以這樣的形態，在我記憶中活著。

啊，原來我們只能以這樣的方式存在呀！所以重點就不在於維持我們的軀體是否健在（那只有極少數的親友關心，但你也可以選擇不讓他們知道），而在於我們是否能各自成為生命中每一個人的記憶，尤其是重要的記憶。

想來想去，我們只有以這樣的方式能夠確實存在，也就能夠真的活著。如果這世上沒有人記得你，不管你是否已被送進殯儀館，你都已經消失，你其實已經死了。

可見得：活著就是要盡量的做些什麼，盡量的愛人、助人、影響人、啟發人……成為他不可磨滅的記憶，才能保持我們長久的生存——不敢妄想永恆，至少不枉此生。

網路殺人

2021/6/17
天氣陰，
陽光隱約

這個時代要「殺人」實在太容易了：既然大家都依賴社群平臺而互相聯繫、而工作生活、而證明自我，那麼專制者只要掌握了這個平臺，就可以輕易「滅」了一個人！

再來講存在：

這個時代，我們分別存在實際和虛擬兩個世界裡。

過去我們虛擬的成分少，例如媒體的報導、親友的敘述、眾人的傳說（所以說要「留一些給人探聽」），大概再加上官方的紀錄吧！這些就是別人用來認識你的，但也未必真實。

如果是創作者，就多了一條管道讓人認識，但文學可能是虛擬的，藝術見仁見智，戲劇更是表演……至於作為公眾人物所謂的「形象」，那不過是宣傳和公關設計出來的東西，當然沒有人會完全當真。

所以我們真的要認識一個人、了解一個人，還真的得親眼見到他、跟他談話、跟他互動……想辦法理解他、分析他、判斷他，並且對他做出回應，這樣子你大概才能確定「有這個人」、「我知道這個人」。

但現在完全不一樣了！「人」在哪裡？在FB、在IG、在LINE、在Google上，沒有一個是真實的，或者說能確定是真的。不要說裡面的文字或是影像了，連身分都可能是假的！

而我們幾乎就全靠這樣去知道人、認識他，維持和他的關係，他其實活在我們的線上（反之亦然），如果斷了線，對我們而言他就「死」了——他的存在感何其薄弱，我們也一樣。

你看，在這個時代人實在太「好死」了！只要沒有Wi-Fi了、只要沒有3C了，你和誰都聯繫不上，你就像在茫茫大海中的一座小小孤島上，什麼都沒有，什麼都不知道，而且因為你不在航線上（網絡上），所以不會有人來救你。對你原來的世界而言，你消失了，你也就等於死了（即使法律也規定一個人失蹤多久之後可以判定死亡）。難怪有那麼多人患有「手機依賴症」，只要手機一下子不在身邊，就會惶惶不安，不知如何是好，因為他怕「斷線」、怕就這樣「死掉」。

如此看來，這個時代要「殺人」實在太容易了；既然大家都依賴社群平臺而互相聯繫、而工作生活、而證明自我，那麼專制者只要掌握了這個平臺，就可以輕易「滅」了一個人！

首先取消你的身分，你的身分證、健保卡、駕駛執照都被註銷了，換句話說，在政府機關查不到你這個人，你明明血肉之軀站在那裡，但是奉公守法的公務員告訴你「沒有你這個人」。

再來你的銀行帳戶也不見了，你沒有存款、沒有信用，當然也沒辦法做任何支付，除非你藏了大量現金（就在中國，連小攤販都已經不收現金而要你掃二維條碼，連乞丐都這樣），否則你可能買不到任何民生用品，你真的會死，而且不是身分上的死，而是肉體上活活餓死。

你驚慌的去報警！警察認真的查了他的電腦，確定沒有你的任何身分資料，立刻懷疑你是什麼人、從哪裡來、要做什麼（咦？怎麼像是傳道者對我們的問話）……如果覺得無足輕重，會把你趕回街上，繼續做一個沒有身分的遊民；如果覺得嚴重，可能把你拘禁起來調查審訊，但因為永遠查不出你是誰，只好把你一直關著（如果他們不覺得浪費錢），當然也不會讓你跟任何人聯絡。

其實你也沒辦法聯絡：因為你在所有的社群平臺上都被除名了，根本沒有你的存在（就算是那個你苦心經營出來的虛構的你也一樣），你也沒有管道去找任何可以證明「真的有你這個人」的熟人……所以，很抱歉，你死了。

比我們掐死一隻螞蟻還要容易的，完全掌控了互聯網的專制政府，輕輕鬆鬆就把你除掉了！哪還用得到控告、起訴、審判、處決，直接就把你全面封鎖（中國叫拉黑，很傳神，直接進入黑暗世界），然後不管再多認識你的人怎麼嚷嚷，他們都可以好整以暇的說：「抱歉，我們實在無法證明這個人的存在。」

而這些自稱認識你的人能證明嗎？你或許留下了一些文件、一些物品給他們，但那也不能證明就是你，頂多說明你曾經在，但此刻就是不在。到頭來，你還是只能活在這些人的記憶裡。你曾經活著、曾經存在的所有細節和證據，很抱歉，都可以被刪除。

根本輪不到上天、輪不到命運，死神更是派不上用場……這個時代，人命不是賤如螻蟻，人命只是一個可以輕易delet的符號。

生命，竟然是這樣的微不足道。奇怪，我以前怎麼都沒想到？

一場躲不掉的突襲

2021/6/22

天氣陰

死神不會因為你不看祂就不來，到時候你不但看見，而且看得清清楚楚、無處可逃。

我想我學會了處理死亡——其實死亡又不用徵求你的同意，你有什麼好處理？你要處理的是怎麼活。

怎麼活才可以不怕死？答案就是：怕死的活著。

因為死亡會讓人失去一切而且無可挽回，所以死者絕望、活者傷心……因為不知如何是好，所以絕大多數人選擇忽視死亡、漠視死亡……這話說得好聽，其實就是假裝看不見死亡。

「蒙上眼睛，就以為看不見」，可是死神不會因為你不看祂就不來，到時候你不但看見，而且看得清清楚楚、無處可逃。

然而因為毫無準備，你會顯得手足無措、十分慌亂，自己彷佛崩潰，家人也無所適從，死神在旁邊嘿嘿的暗笑：「難道你不知道，這是一場絕對躲不掉的突襲。」

（很明顯這一篇沒寫完，但為什麼沒寫完我已經不記得了，就這樣吧！至少結論很清楚。）

不愛，是怕再次愛上

2021/6/26

天氣淡淡的晴

對於人生，我們要無苦無樂，但願安寧；對於愛情，是否也可以無愛無怨，但求平靜。

走到後來，沒想到我維持關係的方式不是愛，而是不愛。

我們還是好友、還是知己、還是心靈伴侶。因為疫情，我們互相陪伴的時間更長了（幾乎就是二十四小時），陪伴時的生活質量也提升了，我們一起做了更多彼此喜歡的事，也都很慶幸在這滔滔亂世，還能在一起相濡以沫。

但是不再那麼愛了，不再說動聽的話、不再做窩心的事，也不再有親暱的接觸……有時候也會不自覺的想要抱抱她、親親她，甚至更密切些……但我都忍住了。

因為我怕會再愛上她。愛她沒有什麼不好：很幸福、很滿足、很能以她為全世界——但就是怕這個世界崩毀，如果以她做我的濃縮鈾，當燃料棒失去了的時候，我也就失去了一切動能，甚至開始懷疑人生。

我驚慌四顧、不知所措，覺得自己無依無靠、流離失所……我甚至絕望的離開家，去探望散居每個地方的老朋友，去見他們最後一面……如果都見完了，那就去搭一艘環遊世界的郵輪，在最後一段航程讓自己消失在黑夜裡無邊的大海，沒有人注意，也沒有人尋找……比起把骨灰撒到茫茫大海，這樣的效率高多了！

我為什麼有這麼偏激的想法？當然是因為極端的絕望：當我發現我這麼愛她，而她竟然或許不那麼愛我，我懷疑了，我動搖了，我天崩地裂，甚至覺得在她心中我並不愛她，所以不值得她愛。

如果不曾擁有，我就不會失去。但我已經身心靈全方面的依賴她了，基本上只有我一個人很難活得下去，所以我掙扎困頓，終於找到了正確和她相處的方法：我們還是一起生活，我該供應的都不缺，但一點也不會多給。我還是跟她好，但是有限度、有控制的好（再也不會幹什麼想讓她感動的傻事了！），而且也不在意她的反饋，有則我幸，無則我命……沒有期待，就沒有傷害，這是我現在的生存之道。

激情當然消失了，甚至也沒有什麼熱情，就是淡淡的情懷，若有似無，絕不濃烈，但比較容易長久；萬一失去，痛苦也比較有限，還能倖存。

這是一種什麼樣的關係呢？對於人生，我們要無苦無樂，但願安寧；對於愛情，是否也可以無愛無怨，但求平靜。

就這樣平靜的在一起過下去吧！直到不得不分開的那一天，不管是因為命運、因為疫病，或是因為彼此又落入懷疑與動搖……這次或許可以瀟灑一點，「揮一揮衣袖，不帶走一片雲彩」。

原來瀟灑是這麼的困難，要脫離伴侶關係如此不易，難怪要說「灑脫」呢！且容我努力試試看，沒別的目的，純粹為了自保。

說到頭來，每個人還不都是為了自己？為了自己而愛，也為了自己而不愛。

不動心

2021/6/29

綿綿大雨

就像涉足過水，不管它是急是緩、是清是濁、是冰是涼……反正我駐足的那一霎那，就已經過了，過了就過了，任何情緒都改變不了，任何感受也是稍縱即逝……

平，常，心。

這個不是指我們參加比賽、面對挑戰的時候被鼓勵的那句話，因為如果你真的是武林高手，隨便撿一根樹枝都可以打敗敵人，你當然有平常心，也不勞別人提醒。可是重大的比賽和挑戰，必定有可能取得重大勝利，獲得重大成就與榮譽。反之則無，怎麼可能還有平常心？心臟不加速跳動都很難。

但我要說的平常心是活下去的方式：第一個平，日子就是一條平平的橫線，沒有高低起伏、沒有上下波動，嚴格來說，就是沒有意外、沒有變化——縱然客觀形式不太可能每天波平如鏡，但我們的主觀情緒卻可以波瀾不驚。

泰山在面前崩塌了你也面不改色，小鹿忽然從眼前飛奔而過你也視若無睹……外界在變動，但你的心始終保持平靜，自然就沒有驚慌恐懼憂慮悲傷沮喪種種情緒，你不為所動，所以無憂無愁——當然也就無喜無樂，因為這是相生相成的，都不要了，就不會有什麼得失心、榮辱感，要真的覺得no big deal，才能夠做到I don't care。

這是平。

常就是日常、經常、恆常、青山常在的常，也就是要讓這種「平」的狀態能夠「常」在，而且習以為常，你說無常，我卻偏偏要一直常。

這就不只是不變不動，而且能夠日日夜夜歲歲年年……「吾道一以貫之」，你可以經年累月的不受驚擾、不受傷害，「持盈保態」。

這是常。

然而外物不可控、他人不可控、整個世界都不可控，很難期待永遠「沒事」，而且還要一直「沒事」下去。

靠的就是「心」。

有沒有事，不在於真的nothing happen，而在於我不動心、不關心，根本不往心裡去，就像涉足過水，不管它是急是緩、是清是濁、是冰是涼……反正我駐足的那一霎那，就已經過了，過了就過了，任何情緒都改變不了，任何感受也是稍縱即逝，腳或許是溼了，但終究會乾；或許會在地上留下溼漉漉的腳印，但不久也會模糊、消失。流水聲在身後逐漸遠去，直到你遇見下一條河，再來如法泡製，真的，真的可以沒什麼。

而旅程就這樣繼續進行，不用遲疑，也不用回顧，時光永遠是點點滴滴在流逝的，生命也總是點點滴滴在消失的……你只要一直都能維持住心裡的平靜，那麼不管遇見什麼人什麼事，你都可以一如往常的生活。

這樣的日子或許不夠精彩、或許不夠轟轟烈烈，你甚至覺得根本缺乏積極進取——但我不是叫你什麼都不要做喔！也不是叫你放棄所有的目標和夢想喔！我只是說對一切都不要激動，氣定神閒的去做，不計得失的去做，一往情深的去做……成功了別高興，失敗了也別難過，對自己點點頭：「嗯，我已經試過。」這樣就好了。

就好像你看到公司營運的曲線，不管如何跌低奔高、激烈起伏，你的心都像健康者的心電圖一樣規律跳動，先人早就問過了：「不動心有道乎？」就是因為不動心你就贏了，甚至說你根本不在乎輸贏。

然後就這樣過下去吧！無苦無樂，無勝無負，無得無失……啊我終於知道《心經》裡面，為什麼會有那麼多個「無」了！

無不是沒有，而是不在意，所以能天下無敵（應該說是，不以天下任何人為敵）。

有意識的努力活著

2021/7/8

天氣晴

如果一個人無法意識到你的存在，那對他而言你就是死的；反過來說，如果你已經無法意識到這個世界，當然就已經是死了，千萬不要耍賴。

人的生死不取決於呼吸，也不取決心跳，而在於意識的有無。

從這個非醫學的角度來看：「腦死」似乎是比較有道理的，因為腦子不活動了，自然就沒有意識，那也就算是死了。

死不死不在於你能不能動，而在於你還有沒有意識。一個人如果重度昏迷了，或者變成植物人了，對外界的一切沒有反應，也不能向外界傳遞任何訊息……不管怎麼說，他就算是死了——至少暫時是死了，而如果意識永遠無法恢復，那他當然應該被判定死亡，跟他生理上還有沒有呼吸心跳毫無關係；否則以現代的醫學技術，要讓人這樣「活著」並無困難，但是毫無意義。

所以嚴格來說：睡覺也算是死了，只不過因為還會醒過來，所以算是「暫時死亡」。睡覺也沒有辦法和外界交流，表面上說是有意識，但完全無法控制，只是在夢中胡亂的流竄，完全不合情理，而在夢中我們並不自覺，醒來之後絕大部分遺忘，就算記得一些也比真正發生過的事情更容易忘記，所以這算什麼呢？算是個「假意識」吧！毫無意義。

而我們並不是從一出生就有意識，不管是感受、反應或行為，剛開始都是一無所知，只是本能的哭鬧求索食物，不懂得表達，也不會思考，更沒有學習能力……而這時候所有產生的意識，其實都是由大人教育而來的；換句話說：父母、師長、社會以及各種資訊，共同累積釀造了我們的意識——而且我們以為那就是自己，卻不知道這個「自己」卻是整個環境和經歷一手打造的。你無緣無故怎麼會愛國？對這麼抽象的存在付出，你會愛國只是因為你被這樣教育；你無緣無故又怎麼會孝順？這完全違反生物本性，你會孝順只是因為大家都說應該這樣……如果一一剔除別人強加給你（說好聽的叫潛移默化）的部分，你還有哪些意識是專屬於自己的？

而且意識的產生是稍縱即逝的，就像當下的這一秒立刻過去，所以意識存在哪裡呢？它只能以記憶的方式存在！

你記得的，就有，就活著；你不記得的，就沒有，就等於「死」了——原來人竟然是活在記憶裡的，那是多麼的不靠譜！

「忘記」竟然可以「殺人」，有沒有覺得不寒而慄？

事實就是如此：如果一個人無法意識到你的存在，那對他而言你就是死的；反過來說，如果你已經無法意識到這個世界，當然就已經是死了，千萬不要耍賴。

這麼說來，人到底該怎麼活呢？那就是充分把握你的意識，確保自己看見這個世界、感受世間種種、建立各種想法、嘗試各種行為……果然發現了！這就是「色受想行」，接下來的一個字當然就是「識」，大家都努力維持自己的意識吧！構築起自己在別人心目中的記憶吧！簡單一點說：不是用盡手段的讓自己的肉體活著，而是讓自己能活在更多人的心目中（要說腦海中也可以），能活得更長更久，那才算是真正的生命意義吧！

我努力、我努力，能活一天算一天，多活一天賺一天。

按下暫停鍵

2021/7/12

凌晨，

不知天氣陰晴

就跟整個臺灣社會一樣，都被按下了「暫停」鍵，大家都被無形的束縛捆綁住了，別說行動，感覺連呼吸都有點困難……

很多人都很害怕這次瘟疫，甚至做出許多脫軌的言行，但我老實說：跟上次不怕SARS一樣，我這次也一點都沒有在怕COVID-19。上次可能是年輕不懂事（其實也不年輕了，感覺我這輩子好像也沒有年輕過），這次則是完全無賴的態度：「不就是個死嗎？」

每個人都害怕死亡，我當然也一樣；但我有機會先怕過了，而且怕到先抑鬱後躁鬱再轉綜合憂鬱，我還怕他X的什麼變種還是雜種病毒？

反而是疫情「保護」了我：醫院很危險！所以不能去！那我該做的肝臟檢驗就沒辦法做，就不知道那些該死的病毒（他們可能獰笑著說：嘿嘿，該死的是誰還不知道）現在變成了多少？不知道上千萬了沒有？網路上看到還有人病毒多到一億的，那真的是「病毒大魔王」，請受我一拜。

然後本來要去切除的肝臟腫瘤手術也沒辦法做，一來是因為醫院疲於應付疫情，除非快死了誰也不想去添亂；二來也是因為原本要等病毒的數量降下來一點，動手術比較安全，現在既然沒辦法檢驗，於是一切只好理所當然的按下「暫停」鍵。

就跟整個臺灣社會一樣，都被按下了「暫停」鍵，大家都被無形的束縛捆綁住了，別說行動，感覺連呼吸都有點困難——如果最後有人不是因疫情而死，反而是悶死的，一樣是「上呼吸道疾病」，是不是特別諷刺？

我好像也在閻羅王那裡按下了「暫停」鍵，陰曹地府也因為疫情暫時停止上班（我在作夢吧？他們現在應該門庭若市才對！不過也可能因為生意興旺，就懶得接我這種小單，讓我暫時可以苟延殘喘），就像現在法院不開庭審犯人一樣，我也暫時「倖免於難」。

當然，我還是乖乖遵守防疫措施，主要是為了禮貌，戴口罩是為了讓別人安心，回家洗手也是為了讓家人放心，保持安全社交距離？——都已經多久沒見過太太以外的人類了，哪裡還有什麼社交，又有什麼不安全的？

最不安全的反而是我自己身體裡面，B肝病毒不知道是否已經像秦始皇一樣統一天下，肝臟的腫瘤也不知道是否擴展成「大秦帝國」，不過秦朝好像也苟延殘喘了十五年，說不定我也——我這樣自我安慰是不是太一廂情願、太孬種了？

還想再活十五年？那我不就超過八十歲了？可是當初在杭州靈隱寺已經許願：我願意折抵十年壽命，讓好友阿潘多活一年（那時心裡想的一定是：反正我還年輕，反正我也不知道自己實際能活多久），結果她果然奇蹟似的從末期腸癌中痊癒，還能跟朋友們到夏威夷去玩，然後她在一年後病情急轉直下，很快的就離開人間。

這樣說來，那個老天爺應該算是有接受我的「押注」吧？那我也不能耍賴，就算覺得自己現在正是人生幸福和智慧的最高階段，但如果真要被扣十年也只能乖乖接受（笑死人！如果可以不接受，祂這個天上的boss還幹得下去嗎？不被閻羅王篡位才怪！），以這一樁「買賣」來說，只有一個字：「值」。

我這一生也就值了！「值了」的意思就是「可以去死了」，any time，但是沒辦法說you are welcome——好啦！我承認我還對生命有些依戀好不好？這樣又不犯法。

所謂愛情，只不過是……

2021/7/14
天氣賊晴

愛就是一種感覺……——很簡單，你覺得他愛你，他就是愛你；你覺得他不愛你，他就是不愛你……

所謂愛情，只不過是一種感覺、一種fu。

你愛一個人，或一個人愛你……憑什麼這樣說呢？沒有任何衡量的儀器、檢測的標準，純粹只憑「感覺」而已。

你感覺他愛你，你感覺你愛他……問題是感覺從來不可靠，自然科學博物館裡常有的試驗：一塊金屬，你摸過熱的去摸，就覺得它冷；摸過冷的再去摸，就覺得它熱；可它的溫度始終沒變啊！是感覺在騙你。

甚至像「幻肢痛」，你的腿都不在了，卻還感覺它痛，像不像人家都跟你分手八百年了，你還感覺到他「還是愛你的」？

不過就是一種自欺欺人罷了：欣賞誰、喜歡誰、對誰有好感……這都沒問題，就單戀啊！單戀都不會有人來阻止你，甚至對方也不介意，因為人人都有作夢的權利。

但是要說「你們相愛」就有點過分了。相愛相愛，當然是你愛他，他也愛你。如果是可以不計對方任何回應、反饋的付出與貢獻就叫做愛，那愛可真的太便宜了！所有偶像們的瘋狂粉絲都叫愛，氾濫的愛、虛空的愛、只能掛在嘴上呼喊的愛……然後偶像一句「我也愛你們喔！」大家就開心的翻過去了——號稱愛你的人根本不知道你是誰，這個愛當然百分之百不成立。

那你說可他真的是愛我呀，那我要問你憑什麼這麼說？嘴巴講愛你就叫愛你嗎？那這種愛也未免太廉價了（或者說：你太廉價了）。

然後你就說有啊、他有對我好呀，可對你好是什麼意思呢？無非是講好聽的話、關心你照顧你、送你禮物、陪你去玩……然後呢？跟你上床！

那麼所有這些「愛你」的活動，也不過是求偶的過程而已，完全是荷爾蒙的作用，是所有的動物都會做的呀！動物也會送食物給對方，會盡量表現自己的優點，甚至跟對方耳鬢廝磨……不就為了最後的交配嗎？牠們可不會誇張的把這個叫做愛。

你還是可以說你們不一樣，你們是為了走到婚姻、建立家庭而相愛——動物也是啊！而且如果這樣是愛，那你們的婚姻家庭都還在，為什麼你們的愛卻可能已經沒了？可見得彼此並無必然關係，這個愛不成立。

那只好退一萬步，說你們不是性慾、不是現實，是心靈相通、默契十足、彼此心心相印的愛……好，我也退一萬步，假設你們真的這麼好，可以算是愛，那請問你們有時候為什麼又激烈爭吵，彼此冷戰，甚至互相傷害……你們的愛為什麼突然不見了？難道你們相通的心靈忽然「心肌梗塞」了嗎？這個愛未免也太不靠譜了吧？

所以你發現了嗎，愛就是一種感覺，你唯一憑藉一個人愛不愛你的標準，就只是你感覺他愛不愛你而已——很簡單，你覺得他愛你，他就是愛你（但你如果問他，可能得到完全相反的答案，可見得你的感覺一點也不可靠）；你覺得他不愛你，他就是不愛你（但他還是可以口口聲聲的愛你，雖然他可能剛跟別人親熱過）。

天啊！這種愛、這種感覺也太不可靠了吧！它可以是錯覺、可以是幻覺，也可以完全沒感覺……而且而且，感覺是會變的呀！所以感覺沒了、愛就沒了——這準確說明了自以為相愛的兩個人，在沒有任何外力介入下，卻又會自以為不相愛了；這也完全證明了愛就是來自於感覺，而感覺只是人類器官的最基本功能，完全比不上觀察、了解、體會、測試、行為……中的任何一項。

原來所有的愛都只是建立在流沙之上，很輕易就會在不知不覺之中消失得無影蹤，這樣茫茫渺渺的東西，你還會覺得很珍貴、很偉大，而且很想要嗎？

為什麼越年輕越容易愛？因為不懂事，不知道愛只是感覺，既然覺得爽那就幹吧！管他要付出什麼代價？管他最後可能什麼都找不到！

也是，如果人一開始就那麼冷靜、理性、成熟、通透……那也就不用去愛了，那世界上會少了多少悲歡離合的故事，又會少了多少恩怨情仇的關係，看來愛的存在，只是為了讓這個世界熱鬧。

但你若以為可以從這個「感覺愛」之中得到幸福、得到安定、得到心滿意足……那你就真的錯了，因為沒有一種感覺那麼厲害，可以讓你得到這些；再說了，就算讓你以為你得到了，還不是一樣可以讓你以為你失去了？

就跟你說感覺不可靠、不持久，有一種叫做「愛」的感覺也是這樣。

一個人，與一隻病毒

2021/7/21
天氣陰，多雲

今天是西元二〇二四年的最後一天
我做為地球上最後一個人類
你做為我身上最後一隻病毒
我們竟然在宇宙的盡頭相遇了
原本勢不兩立的兩個族群在激戰過後
在無數的怯懦恐懼猜疑憤怒與殺戮之後

在一邊不斷造出新武器一邊不斷變種求生之後
整個世界終於完全被黑暗吞沒
劫後餘生的僅存兩位
竟然發現了從來沒有過的羈絆
沒想到還能用意識互相交流
原本巨大如今變得渺小的我這個人類
以及你這個如此渺小卻極有分量的微生物
彼此在腦中（你有嗎？）快速轉動意念
我可以殺了你，孤獨的在這個世界活下去
你也可以殺了我，但再也沒有人體可供繁衍
誰死了對誰其實都沒有好處
如果我們互不侵犯的一起活下去呢？
你可以擁有一個小小族群
畢竟我也養過幾萬個B肝病毒
只要你不害死最後一個人類我
就可以雖然數量不多，但平安活著

如果非要將我逼向死亡
無視於我身上打過的十六種疫苗
好吧那說明你們這個物種的確比較強
但你我都清楚病毒無法在人體之外存活
正如我從來沒有好好想過
如果地球滅亡了，人類也無法存活
說起來人類正是地球的病毒
而你們病毒反而是地球自衛的抗體
如今這樣兩敗俱傷只有世界勉強得救
（你看花鹿奔跑鳥兒翱翔海龜上岸產卵……）
就算我們都記取了教訓吧
讓我來為你說一個故事
有關於一座孤島上的魯賓遜
和星期五

看了六個醫生之後

2021/7/22

颱風來襲前

無論如何，我至少還得去看最後一次醫生，看看我的病毒有多少了、我的腫瘤有多大了，「這麼久不見了，你們都還好嗎？」他X的！問題是你們好，我就不好！

我的生命也算遭到了一場颱風吧！重點是還沒過去。

回想起來，整個過程像是一場又一場的惡夢：起初是因為嘴巴變得很鹹，怎麼樣也找不出原因，有的醫生甚至說他連聽都沒聽過，後來經人介紹去找了一位聽說很厲害的中醫。

他也不置可否，開了不知是治什麼的藥給我，但交代我最好還是去找西醫看一下我的肝。

如果我肝不好，他為什麼不自己幫我看呢？但我是聽話的病人，就請人介紹找了一位雖然年輕但很優秀的肝臟科醫生。

他看了我的驗血報告，說我的肝還正常，但是指數有點高（也沒具體講指數到底是多少），所以要自費吃藥來控制，而且要吃一輩子，就醬。

藥很貴，拿一次就要一萬多塊，吃了以後我嘴巴似乎沒有那麼鹹了，但又心想藥不是治病的嗎？為什麼卻要吃一輩子都不會好？帶著有點賭氣的心情不吃了，醫生知道了但也沒告訴我：如果停藥，B肝的病毒數量會大反彈、快速增加（這是後來的醫生才告訴我的），反正我們兩個人就「謝謝再聯絡」了。

但是不久之後，嘴巴鹹的毛病又出現了，而且變得好像容易疲累。這時又有人介紹了一位醫學教授，他不是醫生，但據說很多醫生都是他的學生，也很多人上門找他問診。

他聽了我的狀況，就叫我到一間檢驗所去驗血，報告一出來，B肝病毒已經達到四百多萬（正常應該小於十），他卻說還好，賣給我好幾瓶說是對我有幫助的藥，後來我查一查，都只是一些健康食品，有的甚至還來路不明（當然我也就沒吃了）。然後他還介紹我去看一位中醫，說會轉告對方我的情形，而且這位是他的得意門生。

中醫看了我的檢驗報告，就皺眉頭，開了一些中藥給我，是健保給付的。我吃了一個星期沒有什麼感覺，回診時就問他這些中藥能治我的肝嗎？他說健保的藥一次給付只有三四十元，這些只是治嘴巴鹹的（但也沒發生作用！），如果針對B肝那要自費，拿一次要好幾千塊。

重點是你為什麼不早說呢？我不就是找你來看肝的嗎？我要是不提，你是不是就讓我這樣耗下去？我只是堅持了一個月吧，實在沒辦法再騙自己。就不再去看了，默默忍受嘴鹹、耳鳴和容易疲累的三重痛苦。

又有朋友看我這樣不是辦法，向我推薦了治肝的名醫、某大醫院的副院長，好不容易才掛號進去，心想如此「熱門」，醫術一定很高超，我這下有救了！沒想到他看了我上次檢驗的報告，就說沒有關係，可以和病毒和平相處，嘴巴鹹也不會影響健康，耳鳴習慣了就好……我說不用驗血嗎？他說不用。我說不用照個超音波嗎？他說不用。他不但不幫我做任何檢查，也不開給我任何藥物，揮揮手、像揮一隻蒼蠅般把我趕走了。

名醫果然是不同架勢喔！我和太太在回家的路上越想越不對，就又去找了一家岳母最近去看的肝膽腸胃科診所，結果一照超音波就發現肝臟有一顆十四．五公分的腫瘤！

怎麼會這樣呢？如果最早看的那位西醫有幫我照超音波，而且一切正常的話，腫瘤是不可能在這麼短的時間長這麼大的！難道他上次幫我照沒有看到，還是根本就沒幫我照超音波？那這個檢查也未免太草率了！

這位醫生很客氣，叫我放心，腫瘤可以手術切除，但是因為現在B肝病毒太高，要把病毒數量降下來才能做手術，所以又開了自費的藥給我，二十八天三千二，比較起來好像不算貴，但我後來找藥廠的朋友去拿，一盒只要兩千，獲利空間真的很大！

為了做double cheak，我又找了另一家小有名氣的肝病診所，請他幫我再檢驗一次，他照了超音波證實腫瘤的存在，至於抽血驗病毒因為健保規定半年才能做一次，所以先不幫我做。

我問他上次照音波什麼都沒有，這次一下就長到那麼大，有這種可能嗎？像我的腎臟很早就有腫瘤，但一直沒有變化，所以我就沒有處理。

他似乎聽出我在質疑第一位幫我檢查的醫生，可能擔心造成醫療糾紛吧（雖然和他沒有關係），竟然跟我說現在看來確實有腫瘤，但分不清楚是在肝臟還是腎臟。我追問說腫瘤在肝臟或是腎臟會分不出嗎？他硬說是。我也就沒什麼話好說了，這位醫生純粹是怕麻煩罷了。

就這樣一共經歷了六位醫生（包含兩位中醫、三位西醫和一位密醫），我所有的毛病一切照舊，身體狀況也毫無改善，體內病毒的數量不知是否已超過千萬，腫瘤也不知是否還會繼續變大（照醫生的說法：要降低病毒才能手術割除腫瘤，但半年才能檢測病毒一次，所以我至少要等半年才知道能不能手術——這一點我也覺得怪怪的），但他們同心協力陪我走過這一段，不要說有效的治療了，我甚至沒有得到任何安慰，只覺得自己的命運為何如此「坎坷」，忍不住會想如果從第一次就不去看醫生，我的情況是不是也和現在一樣？那我這麼久以來付出的時間金錢力氣，以及心智上受的折磨打擊，是不是其實都可以不必？

然而無論如何，我至少還得去看最後一次醫生，看看我的病毒有多少了、我的腫瘤有多大了，「這麼久不見了，你們都還好嗎？」他X的！問題是你們好，我就不好！

尋死的念頭

2021/7/23

滿天烏雲，

等待颱風過境中

抑鬱症真的是可怕的惡魔，完全占據了你，你卻一點都不曉得……若不是那時我在這世間還有所牽掛（已無所留念），我可能很早就結束了自己的生命。

直到現在我才有勇氣回想當初輾轉尋死的念頭。

「生已無歡，死又何懼？」那時候已對人世毫無戀眷，心裡唯一的念頭是要怎樣死，才能讓Jessy拿到全部的保險金，讓她的後半生都有保障，我才能夠死而瞑目。

那麼顯然自殺就是不行的了！自殺不理賠，但是不自殺我又不會死（想病死不知還得等多久），所以我必須得自殺，但是安排成像是意外死亡的樣子——想起來很容易，事實上特困難。

最簡單的當然就是跳樓了！我可以失足從高樓上掉下來，問題是所有大樓的屋頂都有高高的女兒牆，想要爬上去就很困難，更別說站在牆上往下跳，而且這麼的「故意」，要說不是自殺連鬼也不會相信。

那不然就出車禍好了：但被汽車撞未必會死，萬一搞成殘廢還要連累家人，所以最好是讓高鐵或捷運來撞，「成功率」大得多，問題是現在幾乎每個站都有閘門，好像機會也不大；那如果去找一個例如臺鐵的小站呢？可是監視器又會拍到我自己跳下月臺的畫面，除非我假裝喝醉或是恍神……但是列車進站都會放慢速度，也不保證撞得死人。看來只有到平交道去試試看了，但那就沒辦法假裝失足，平交道叮叮咚咚的響，火車飛馳而來的時候，有一個老人拚死往前衝——在場任何一個目擊者都可以證明這是自殺，殘念。

要不然到山上去迷路呢？那時候天氣很冷，我想像一個人往高山的步道走（最好是合歡山，因為很快就能到達三千公尺，夠冷），走到天黑出不來，手機又沒電了（這個可以安排，很簡單），只好窩在山坳裡漸漸凍死……

這個看來是最理想的，只要我的求生欲不要讓我半途而廢，不會有人目擊，也不會有人來救，而且之前我走合歡東峰的時候，因為被眼前的美景震懾，還要求同伴將來等我死後，把我的骨灰撒在這裡，那我凍死在這邊也算是「死得其所」。

但是要怎麼告訴Jessy我要一個人去爬山呢？或者騙她我要和別人去？最重要的是這個尋死的念頭不能露出蛛絲馬跡，甚至那時我都不敢寫在日記裡，不然就變成我是蓄意自殺的證據。

是到現在完全不想死了我才敢寫，回想那時候腦子裡整天縈繞著怎麼死的念頭，覺得抑鬱症真的是可怕的惡魔，完全占據了你，你卻一點都不曉得……若不是那時我在這世間還有所牽掛（已無所留念），我可能很早就結束了自己的生命。

這就是羈絆吧！幸好我有。

最後身影

2021/7/28

天氣陰

我回頭望了地球最後一眼
依然是如此美麗青翠
卻早已被病毒大軍盤踞摧毀
原來他們來自遙遠的♎星系
因為自己的星球壽命已終燃燒殆盡
必須尋覓新的生命理想基地

超光速飛船十年來進入太陽系不斷巡弋
找到僅存的地球空氣土地和水都已嚴重汙染
只有完全滅絕人類才能恢復昔日樣貌
於是就像西班牙人進入中南美洲
死亡是遠方來者唯一的禮物
一隻永遠繁衍不斷的病毒就已夠用
全方位進入人體超高速消滅人類
比歷史上所有戰亂饑荒還要有效
雖然我們也曾負隅頑抗努力製造疫苗
然而病毒不斷變種最後再也沒有敵人
地球的七十億人口終於只剩七個
♎星長老會議決定放過我們最後一組人類
以彰顯他們高度文明的好生之德
允許七位倖存者搭乘諾亞號太空船離開
但人類從未具備開拓與墾殖外星能力
臨走前我看見他們眼中的嘲諷與悲憫

我們不是在地球軌道上如衛星墜毀
就是在太空中永遠寂寞漂流
「我們更應該叫毀滅號吧！」船長說
搶先在我們完全毀滅地球之前
病毒毀滅了人類，自己也無法存活
終於還地球一個潔淨安謐的空間
不知殖民者將如何建立全新帝國
未來是否也將重蹈人類覆轍
船長悄悄切換到永恆睡眠自動飛行模式……
一隻在公園裡吃草的小鹿抬起頭來
看見我們掠過夜空的最後身影

不知者不病

2021/7/29

大雨滂沱，

夏雷震震

「不知者不病」，我想出這句話實在是太自我安慰了，但現在撐持我的就是這個信念：「習慣你的痛苦」、「漠視你的病情」、「照樣過你的日子」……

不管多早起床，照例是要輕手輕腳的離開臥室，在客廳地板上鋪一張毯子，拿一個硬式棒球，在身體底下按摩我痠痛的部分。球不動，人動，把特定部位移動到球的上方，然後施力，達到「主動按摩」的效果。

這是我的獨門祕方！所以出門也都帶著這顆球，有一次在雪霸被同事看到，他們百思不解，為什麼我要帶一顆棒球上山？如果要練習，至少要再帶一個手套；如果只是為了當護身符避邪，體積也未免太大……我笑笑不答，留下一個永遠的謎團。

有些事情不知道答案反而好些：應該要再做的B肝檢驗，因為疫情就延宕下來了，反正身體沒有重大不適（或許是我已經適應了這些不適），就這樣「未知」下去吧！

有點像一個異鄉遊子，聽聞自己的故鄉遭到土匪襲擊，但不知已經被攻城掠地、洗劫一空，還是已經力退強敵、勉強保住，總之音訊全斷，異鄉又沒有來人，只能安慰自己一切可能都還好。

這當然是「自欺欺人」，可這不也就是我們一生的寫照？我們騙自己，父母是不偏心的；騙自己，老師是為我好的；騙自己，將來是有前途的；騙自己，朋友都有情有義；騙自己，同事都同心協力；騙自己，老闆總會賞識我的；騙自己，客戶其實對我器重；騙自己，伴侶十分理想；騙自己，雙方永不分離；騙自己，婚姻美好幸福……如果一生都可以這樣「自欺欺人」，那麼騙自己，身體還算可以；騙自己，病毒可能越來越少；騙自己，腫瘤也會越來越小——這真的有點騙得過分了！感覺不只是奇蹟，更是神蹟；而古今中外的神蹟無非精心設計的騙局，所以別騙了！

「裝不知道」就好。

像小狗彎彎明明診斷出心臟肥大，醫生囑咐每次運動不可超過五分鐘，還要吃專為心臟病特製的飼料。

但是他照樣在公園裡飛奔撒歡，跳上竄下，打滾沾滿一身泥巴……百分之百仍然是一隻健康快樂的小狗，一切只因為他不知道。

所以他不會擔心到得憂鬱症，他不會小心翼翼的注重養生，他也不會盡量讓自己少動，他更不會四處尋訪治療的祕方……而這一切就是生病者不快樂的來源！

「不知者不病」，我想出這句話實在是太自我安慰了，但現在撐持我的就是這個信念：「習慣你的痛苦」、「漠視你的病情」、「照樣過你的日子」——哈！病患的阿Q三法，至少目前對我是有效的，不知道可以推薦給誰試試看？如果因而延誤了病情害死了人，我或許會遭天打雷劈吧！

暴雷繼續在外面隆隆作響，巨大的聲音彷彿天就要被炸裂開來……那可就要出動女媧來補天了！

可是祂連臭氧層的大洞都補不了，還能補什麼呢？就請祂老人家好好安養天年吧：妳所創造出來的人類，只能讓他們自求多福。

快樂主義者

2021/8/1
大雷雨停班停課中

如果我們都能跟他一樣，願望簡單、生活平常、對人都好、充滿正向、隨時快樂、秒忘煩惱……那麼我們該會是多麼開心的人呀！

凌晨的時候忽然電光閃閃、雷聲隆隆，一向不怕打雷的小狗從床上站了起來，似乎有點不安。

我把被子掀開，他就鑽進我的懷裡，安心的睡著了。

——如果這不算我的孩子，那還有誰是我的孩子？

他特別喜歡依偎的感覺：不管我是灰心沮喪，或是傷心難過，甚至憤怒痛苦……雖然我坐在沙發上若無其事，但他總會默默的坐到我身邊來，身體的一部分靠著我，好像在說：「嘿！我在這裡，你並不寂寞。」

跟我不一樣，他好像從來沒有不快樂的時候。每一次丟出去他的玩具，不管是小斑、小虎還是小猴，他一定用盡全力的去追，而且樂此不疲，從來沒有一次例外，一直到我先玩不動為止。

他的玩具很簡單、遊戲也很簡單，他就是這樣簡單的快樂著。

出門更快樂：只要媽媽去換衣服，他馬上有所警覺；只要我們接了電話，他立刻有所期待；通常我們在傍晚會一起拉筋，再出門找吃的，只要做到最後一個動作，原本在睡覺的他就會立刻站起來！等著跟我們一起出門。

在車上他東張西望，前腳一定要站在我們手臂上，以便可以看得更高；媽媽下車購物的時候，我會把助手座的車窗搖下，讓他可以聞到外面的味道，偶爾看見路過的狗兒，也可以激動的吠叫幾聲，然後心滿意足的回家。

如果還能下車，他會毫不遲疑的向前飛奔，到處嗅聞，到處尿尿，還會跑到特定的地方（或許那裡味道特別濃）滿地打滾，沾滿一身塵土。這還不過癮，最後還會跳下公園裡的池塘，在沼澤裡浸泡一番——你能想像一隻乾乾淨淨的小狗會變得有多髒嗎？但你也知道他非常非常的開心，送去洗澡的時候，連店主也說：「啊，這真是一隻快樂的小狗！」

如果太久（最多也三兩天吧）沒出門，他就會跳上臥榻，怔怔的看著窗外的遠方，「我想出去玩」的訊息非常強烈，但我們總是裝傻，所以偶爾他會背對著我們叫一兩聲，算是小小的無效抗議吧！

所以他會特別期待客人：不管是誰來，他都會熱烈搖尾歡迎、跟前跟後，如果你開口要他「親親」，他絕對不會吝惜。有時候甚至只是管理室和我們通話，他也以為有客人要來，高興的跑去門口等待，非要勸他好幾次說「沒有人會來」，他才會甘心走開。

其實他對所有的人都熱情，不管在公園、在電梯間、在阿嬤家……他對每個碰到的人，包括每一隻碰到的狗，都無條件的表示好感，總想靠過去讓人摸他、抱他、疼愛他（如果跟狗，就是聞他、舔他、跟他玩），不知道是什麼讓他這麼充滿正能量。

而且他從不記仇，偶爾挨了罵、甚至小小的處罰，或者沒能讓他稱心如意……他難過的時間從不超過一分鐘，一轉身又開開心心的來找你玩，好像什麼壞情緒都沒有發生過——換了是人，他一定會被稱讚情商比蔡康永還高。

他也很懂得怎麼要他想要的東西，例如他會把玩具叼來邀你玩，他想吃飯的時候會專注而沉默的看著你，露出「蠟筆小新」的無敵眼神，即使他已經吃過了、即使他有點過重了，你還是無法抵抗那樣的眼神，會乖乖去幫他準備吃的……然後他才心滿意足的咬著他的玩具跳上沙發，完成這個每日必備的儀式。

當然小狗偶爾還是有調皮的時候：例如他媽媽獨自彈鋼琴的時候（很奇妙，如果我在他就不會），平常不太叫的他會開始狂吠、打斷媽媽彈琴的過程，非來陪他不可。

他也會在媽媽接電話的時候（說也奇怪，對我就不會），故意假裝要去咬媽媽的腳，讓她電話說不下去，媽媽往往一邊講電話一邊喝斥他，逗得電話線那頭的朋友哈哈大笑。

他還會趁媽媽洗澡時偷偷咬走她的內褲（呃，他也從來不咬我的內褲），為了怕被發現，小狗也有他的小心機，他會背對著我們、裝作沒事般的偷偷咬這條內褲——換句話說，他知道這是一件不對的事，但他還是忍不住要做。

他就是那麼一個單純快樂、活在當下的人，呃，我是說小狗。如果我們都能跟他一樣，願望簡單、生活平常、對人都好、充滿正向、隨時快樂、秒忘煩惱……那麼我們該會是多麼開心的人呀！

沒想到小狗有那麼多值得我們學習的地方，其實他才是我們的主人（有一次看古裝劇，他媽媽說也想要一個奴婢，說小狗就是她的奴婢，我說算了吧，是妳幫小狗把屎把尿、管吃管玩，妳才是他的奴婢吧！），是他「馴服」了我們，讓我們十分樂意的供應他生活所需，而他所要做的只是「乖乖吃飯、好好便便」——天下還有比這更輕鬆的工作嗎？狗能夠從野犬進化到人類的寵物，說明他們比我們聰明多了！

有時候我也會刻意注視著小狗的眼睛，想知道他在想些什麼；而他也會定定的回視我（這是任何動物都做不到的！），我們四目相投，不知道心靈是否相通，但是根據專家的研究：人與狗互相注視，彼此都會產生幸福的感覺。

我覺得對人而言，那更是被相信、被需要、被依賴的一種幸福吧！這是每一個人都該有的，如果你覺得這個世上沒有人對你如此，那麼就養一隻小狗吧！

他會教你怎麼愛、怎麼被愛，他會讓你得到幸福，雖然是小小的，卻是日復一日，絕不會缺席的幸福。

今天的日記實在是太正能量了！一點也不像我過去的風格，說來說去，還是要感謝我們家小狗。

他現在又過了來，用前腳輕輕的抓我，我挪動一下坐姿，讓他可以開始舔我的下巴，一直舔一直舔，直到他滿意為止……這也是他每天必做的儀式。

說來不怕你笑，我相信這是一個充滿愛的儀式。

與恐怖分子談判

2021/8/3

天氣陰，

隨時可能大雨

真想跟他們說說道理，但顯然這是不可能。那就只能期望他們至少有生物的本能，他們會群聚討論：「欸，我們不要一下子把這傢伙搞死，那樣大家也會跟著送命！」

手上拿著一份詭異的檢驗報告。

其實我早該去檢驗B肝的病毒數量和肝腫瘤的大小了，正好因為疫情的緣故，就以「避免去醫院增加感染風險」為由遲遲不去檢查，反正醫生開的藥「肝敵清」我每天都有乖乖吃——你看那藥名，就是要把我肝裡的敵人都清掉，至於有沒有效，那就只有天知道了。

另外，我每天也吃牛樟芝和薑黃的滴丸，實際的效果如何我不知道，但是至少疲累的狀態有比較減少了，是什麼原因造成的也不曉得。感覺比較像在喝符水吧！必須要以強烈堅持的信仰為基礎，而現在我還能相信些什麼呢？溺水的人能抓住什麼就抓什麼……

現在我也能比較了解：為什麼總有重症患者不聽醫生的話，到處胡亂找一些偏方來吃，不就是醫生告訴他沒救了、他卻非救自己不可？他吃的不是偏方，他吃的是「希望」。

本來想這樣得過且過、苟且偷生的，身心科的醫生（為了自律神經失調，我每個月必須找他報到，顯然前面說不能去醫院的話全是謊言）主動建議幫我檢驗，他認為我這樣懸而未決，造成心理壓力也不是辦法，我好像搭火車逃票被抓到的通學生，只好乖乖補票，答應了讓他抽血。

結果報告出來卻讓人大吃一驚！我的病毒數量從四百萬變成「無法測量」。

連醫生也不知道這是什麼意思，是因為少到已經無法測量了嗎？難道肝敵清加牛樟芝加薑黃已經幫我消滅了所有的病毒？如果說少了一大部分都還可信，竟然會少到無影無蹤、無法測量，那豈不是醫學奇蹟！

或是說病毒的數量已經多到無法測量，就是「足繁不及備載」的意思？可是我的GOT、GPT指數＊也都變成正常值，那應該表示狀況不是惡化；可是醫生又說那兩個數字代表的意義不大（OS：那還檢查個屁呀！），所以整體狀況還是「不明」，等於做了一次沒有檢查的檢查。

倒是他特別替我測了「胎兒蛋白」，說是如果這個數字低，就說明我的腫瘤可能不是癌症。而數字果然是低的，但真相究竟如何，還是要做穿刺、切片檢查……問題是一個十四．五公分的腫瘤，不管它是不是癌，在身體裡都是充滿危險的，它可能越長越大，危害我的肝臟本身（為什麼不能像我腎臟裡的那顆小腫瘤，這麼多年都乖乖沒有長大？）；又或者我肝臟部位受到撞擊（例如車禍），腫瘤也可能破裂而危害我的生命——總之還是要設法切除的，但前提是要先減少我B肝病毒的數量，而這個數量目前狀況不明，所以也無法確定能夠進行手術……

唯一的辦法就是到原來的醫院再去抽一次血、照一次超音波，看看病毒到底還有多少、腫瘤又增加了多少體積……然後呢？

然後好像也不能改變什麼，端看我自己決定怎麼處理，而我的阿Q心態就是和病毒及腫瘤和平相處，我不攻擊他們（最多是試圖抑制他們的過度生長，其實我也不知道正確的做法），也盼望他們留我一條生路，就這樣平平安安的活下去——因為如果我死了，他們不管數量再多、長得再大，也必定只能跟著我一起死掉。

難道他們不想活嗎？真想跟他們說說道理，但顯然這是不可能。那就只能期望他們至少有生物的本能，他們會群聚討論：「欸，我們不要一下子把這傢伙搞死，那樣大家也會跟著送命！」於是所有的病毒紛紛點頭，都同意慢慢啃食我，不要一下吞噬我——我這是在寫奇幻小說，還是神智瀕臨錯亂？我也說不上來，總之過一天算一天，聽從命運的安排，就這樣努力燃燒自己吧！直到留下生命最後的餘燼。

注：GOT與GPT是體內酵素，當肝細胞受損時會流入血液，這兩種酵素上升通常表示肝臟發炎，是檢查肝臟有無損傷的重要指標。

第一千個日子

2021/8/4

天氣雨，

颱風來襲中

全面封城的第一千天
我站在高樓的窗口往下望
路上只有救護車、工程車和挨家挨戶送食品的車
三名黑衣軍警在公園裡追捕
一名偷跑出來呼吸自然空氣的民眾
（依法規定非經申請審核，任何人不得離開家門）
手機也立刻接到病毒可能散播警訊
雖然隔這麼遠我完全聽不見
他被壓制在地時吶喊的嘴型

說的應該是「我要自由」

全面封城的第一千天
我們在透明而封閉的屋裡
所有的活動就是網路追劇、網路遊戲和網路社交
早已厭倦po出一成不變的生活
也無心再互相問候安好
（由於確診及死亡人數太多政府早已不再公布）
我們開始用紙筆寫信給遠方親友
妄想能夠投遞到外面世界
最後改摺一個又一個的紙飛機
帶著我們的心擲向空中

全面封城的第一千天
從外面被反鎖的房門裡
吃著千篇一律餐盒的永遠只有我、妻子，和孩子

當這個世界上除了瘟疫一無所有
沒有八卦議論沒有計劃更沒有夢想可說
（執政者宣布無限延期所有社會活動無限終止）
六天來家中第一次的交談是
「馬桶不通了要向哪個單位申請修理？」
「上網登記吧聽說要排很久……」
「是ＡＩ機器人來修嗎我好期待！」
我和妻子互相對視，又一起看著孩子，這是封城一千天以來，家中出現的第一絲喜悅……

清晰的夢

2021/8/6
天氣陰雨，
颱風徘徊中

你自認為再悲慘的親身經歷，在別人那裡，永遠只會是一個聊天的材料，用來打發時間的故事。

今天夢見了我去看醫生。

是Jessy帶我去的，但後來就沒有看到她的人。

是一間有點陰暗，有著一排排桌椅，像是辦公室的地方，並不像一般診所。我花了一些時間才找到我要看的那名醫生。

坐在他旁邊的另外一位醫生也湊過來，兩個人的容貌模糊，但是頭髮都是又黑又硬，印象很深刻。

他們問我什麼狀況，又問我吃什麼藥，我說每天吃治B肝的藥，他們還追問是誰給的藥，我說是診所，他們不置可否，又問還有呢？

我說還有一顆十四．五公分大的腫瘤，一個醫生說是癌吧，另一個說不一定……這時候有人在旁邊說「怎麼那麼大」，我說「對呀真想拿出來秀一下」。

然後夢就在這個時候醒了。我通常都是亂夢一場，而且不復記憶，很少有這麼完整、清晰（而且合理）還都記得住的夢……我翻了一下身，決定起床，心想還早吧（平常都是六七點就醒了），沒想到已經是早上十點了。

漱洗完畢我趕快來記下這個夢，我不知道這是否為一種徵兆，或者反應我的心理狀態，還是應該找誰來幫我「解夢」，但我自己分析了一下，有些部分不可解，有些部分可能正是我「敢想不敢說」的癥結。

關於吃藥的部分，可能因為不久前的檢驗報告「病毒無法測量」，我想著不再吃這個「肝敵清」了，所以借著醫生的口提了一點質疑，但也沒有否定；換句話說：我想冒險不吃，但還不敢。

腫瘤的部分就是我對它是不是癌的直接反應了：一個醫生說是、一個說非，我也不敢要求他們說個明白，因為害怕去做穿刺檢驗，害怕得知真相，怕沒有能力承受而全面崩解。

這種心裡的掙扎是沒有辦法向任何人說的，即使最親近的人也一樣（難怪Jessy雖然帶我去，卻不在身邊），絕大多數人的反應，只會像是那個陌生的旁觀者：「怎麼會這樣？」

難道你還要若無其事的、輕描淡寫的把經過向那個人講一遍，然後他會嘖嘖稱奇，還是陪你流淚？

別傻了，他只會跟以往聽到的任何一則八卦一樣，迫不及待的去說給別人聽……說來說去，你自認為再悲慘的親身經歷，在別人那裡，永遠只會是一個聊天的材料，用來打發時間的故事。

所以我就只有把它放在夢裡，自己約略知道，但一定會逐漸忘記……

就當從來沒有發生過一樣。

宛如黑色喜劇*

2021/8/12

天氣終於放晴

大家看了甚至可能覺得好笑，對我卻是生死攸關的事，甚至還造成我罹患抑鬱症，一度還有輕生的念頭……所以也只能把它比做一部不太好看的黑色喜劇了。

今天去診所做檢驗，一路回想我這次「生病」的過程，還是覺得啼笑皆非，像極了一部黑色喜劇。

起先是嘴裡越來越鹹，西醫都說沒見過這種病例，有人就建議我去看中醫。

這位中醫對我嘴巴的問題未置可否，卻建議我去醫院檢查肝臟。

託人介紹找了一位年輕有為的A醫生，他看完檢驗報告，說我的肝還正常，但是數字偏高，所以要吃治B肝的藥，而且要自費，而且要吃一輩子不能停藥。

這麼一來每個月要花上萬塊，確實有點貴，重點還在於要吃一輩子（那不就等於永遠不會好？），在這樣的疑慮下，我吃了三個月藥，嘴裡發鹹的狀況有所好轉，就自己停藥了，也沒有去複診，真的是「好了傷疤忘了疼」。

過了一陣子，嘴巴的狀況又變嚴重了，忍無可忍，又經人介紹認識了一位醫學教授B，他雖然不是醫生，但據說許多名醫都是他的學生。

他要我去檢驗所抽血檢查，結果一驗出來B肝病毒竟然高達四百多萬！他說因為我之前用藥物壓制病毒，一停藥之後病毒就會大力反彈，所以數量才會變得這麼驚人！（當初A醫生只告訴我要吃一輩子藥，並未警告我停藥會有這種後果）

他說沒關係，先後介紹了我一堆不知是藥物還是保健品，反正價格都不低，有一些網路上還查不到，反正「死馬當活馬醫」，我也就乖乖的買下來吃了。

B教授還介紹我去看中醫C，說是他的學生，而且會轉告他我的情況，一定可以把我治好沒有問題。

中醫C幫我把脈問診，幫我開了健保的中藥，吃了一週之後回診，我問他這些藥有沒有治療我的B型肝炎?他才說健保的藥物給付只有三、四十元，這些藥只能治我的嘴巴鹹，如果要治B肝就要自費。

我心想「幹嘛不早說?」就自費好幾千塊拿了B肝的藥，吃了一陣子之後，容易疲癒的狀況並沒有轉好，甚至嘴巴鹹的情形也變本加厲，看來這個中醫C沒什麼效。

於是又有相熟的好朋友建議我去看D醫生，他是某大醫院的副院長，而且是肝病權威，相信一定可以把我治好。

果然是名醫！整整排了兩個禮拜才掛到號，他聽我報告了介紹人名頭，又看了我一兩個月前的檢驗報告，竟然說不用再檢驗（不用做超音波、也不用驗血），也不用再治療。我說那病毒怎麼辦？他說跟病毒和平相處就好；我說那嘴巴鹹怎麼辦？他說那自己慢慢會好。

於是我就在D醫生的完全「無作為」之下，連一張處方箋也沒拿的，離開了那家大醫院。

在車上，兩個人越想越不對勁，就直接開車去附近的一家肝膽腸胃科診所，E醫生幫我照了超音波、驗了血，結果證實肝臟裡有一顆十四．五公分的腫瘤，肝的GOT、GPT指數也很高，需要先吃藥把病毒數降下來，才能到大醫院手術切除肝臟裡的腫瘤。

這些都是剛才D醫生該做而沒做的事！感覺他把我當作一個麻煩、只想早一點把我送走，難道這就是「名醫的風範」？

因為在A醫生那裡吃的藥已經停過、再吃無效，所以得改吃另外一種，自費每個月三千兩百元也還好。

至於嘴巴鹹的部分，E醫生認定是胃食道逆流，另外用健保開了藥給我。剛好有機會和一位認識的藥廠業務聯絡，他幫我問了一下：我吃的藥直接跟藥廠買，一個月只要兩千元（也就是診所至少賺了一千二！），而治嘴巴鹹的藥則根本無效，所以這家診所我也就沒有再去了。

現在留下來的疑問是：當初A醫生幫我照肝臟超音波時如果一切正常，怎麼可能不到半年，在E醫生那裡腫瘤就「神速」長大到十四．五公分？

為了釐清這個疑問，也想尋求第二意見，我又到一家也算治肝有名的診所找F醫生檢驗，他幫我確認了肝臟有十四．五公分的腫瘤，另外腎臟也有一個小的囊腫（這個已經很多年、我早已知道），當我請教他腫瘤有可能在半年內就從無到有、長這麼大時，他可能是害怕介入醫療糾紛吧，竟然說看不出我的腫瘤是在肝還是在腎，對這麼不符常識的話我一再追問，F醫生還是堅持不知道這個十四．五公分的腫瘤是長在肝還是腎，我也無可奈何，苦笑中只好乖乖回家。

我其實沒有想要怪罪任何人的意思，畢竟是我的身體自己壞掉的，只是從這五位醫生和一位教授的處置態度，真的是讓我哭笑不得，深深感覺到醫學的奧妙和生命的脆弱，大家看了甚至可能覺得好笑，對我卻是生死攸關的事，甚至還造成我罹患抑鬱症，一度還有輕生的念頭……所以也只能把它比做一部不太好看的黑色喜劇了。

由於疫情和大雨的關係，今天總算能夠再去做一次檢驗，至於「劇情」會如何發展，我只能跟自己說：「讓我們繼續看下去。」

注：7/22 與 8/12 這兩篇日記雖然同樣記錄求醫之過程，但作者在談及此事時，其心境已有改變，從一開始的憤怒情緒，到慢慢坦然接受，讀者可從字裡行間讀到微妙的心態變化。

一場艱難的戰役

2021/8/14

天氣晴

我覺得這場戰爭，人類不會贏，因為地球站在病毒那邊，因為病毒頑強善變，也因為人類自私分裂……

今天忽然想到一個問題：如果肺炎病毒遇見肝炎病毒，不知道會發生什麼事？病毒和細菌有一個最大的不同，就是宿主死後，細菌還可以活著，甚至繼續「享用」已死的我；而病毒離開了人體，就沒有辦法存活。所以理論上病毒是不會想殺死人的，它「養人」就像在養雞，為了讓雞生蛋給它吃，它不會輕易殺掉這隻雞。

問題是有的雞（人）太老、太弱、太多病了，一點小病毒就受不了、就不行了，一個不小心，也會被病毒弄死掉，但它真的不是故意的。

又或者我身體太好，抗體傾巢而出、拚命奮戰，結果反應太強，也把我搞死了——如果不反抗，或許還不會這樣。唉，誰知道呢？

病毒會在身體裡面急速地繁衍，就算進來的只有一個，很快的就會以等比級數，非常迅速地增加到甚至上百萬個（連上億的也有），但如果病毒太多了，人體可能不堪負荷；就好像人類太多了，地球可能不堪負荷。所以人類會想移民別的星球，病毒也會想搬到別的身體裡面去繁殖。

所以病毒刺激我咳嗽、打噴嚏，讓它能夠飛出去，直接從另外一個人的黏膜進入他的身體，繼續如法泡製……就算沒有直接噴到他的眼口鼻，也可以附著在任何東西上面，撐個幾小時，等有人用手摸到它了，它就藉由這個管道再進入眼口鼻（疫情之後，大家才發現我們會多常不自覺的去摸這些地方，把病毒「送入洞房」）。

那如果身體裡有兩種不同的病毒呢？它們會不會狹路相逢？甚至自相殘殺？還是團結在一起、努力的把我幹掉？

假設肺炎病毒入侵我，應該是在我的上呼吸道，最後住在我肺部裡繼續「篳路藍縷，以啟山林」（什麼鬼形容詞！忘了病毒是敵人嗎？）。那麼它和老早就在我肝裡面的百萬病毒大軍，好像沒有什麼聯絡的管道，何況我身體裡也沒有裝 Wi-Fi，他們能透過血管相聯繫嗎？如果遇見了，甲病毒會把乙病毒消滅嗎？還是會和平相處：「喂，這傢伙大得很，夠我們大家吃，我們就分別慢慢享用吧！」——感覺這種機會大得多，因為從來沒聽說用一種病毒去對付另外一種病毒，如果沒有藥物，到頭來還是得用疫苗來產生抗體。

為了對付你，我竟然還要請複製的你、冒充的你、要死不活的你進來我的身體，我才能產生抗體、在你下一次真的來的時候對付你——這種仗打起來還真窩囊，感覺人類簡直就被病毒吃的死死的。

而且我並不覺得這場戰役人類會贏，因為沒有藥物可以殺他，只有疫苗可以預防他，可是打疫苗只是消極反抗、只守不攻，不會減低一隻，連任何一隻已經存在的病毒都不能消滅掉，既然除了病人死掉，病毒的數量完全不可能降低，那又憑什麼期待有一天病毒在這個世界消失？

何況病毒不是傻瓜，它也懂得演化，不斷的進行各種變異、適應不同環境、對抗不同藥物、危害不同人類……你認得我、提防我、想辦法幹掉我，可是我變裝易容，你未必認得出來，等我占領了你的首都，城門大開，你再去叫更多救兵也來不及了。

所以我覺得這場戰爭，人類不會贏，因為地球站在病毒那邊，因為病毒頑強善變，也因為人類自私分裂（看看各國搶疫苗的醜態就知道！），所以壞則病毒再繼續肆虐好幾年，直到地球人口達到合理數目（也就是現在一半多的四十億）；好的話病毒變成像流感一樣，跟人類「和平相處」，病毒有得吃，人類也不會死太多……這其實是一個「雙贏」的局面。

反正人類是無法擺脫肺炎病毒了，就像我也送不走身上的肝炎病毒一樣，唯一的期望只有它不要太早把我弄死，「我會好好養著你們的！」——聽起來多麼卑微，但其實這也是全人類的呼聲呀！嗯，我覺得還好。

困局

2021/8/17

天氣晴，

海面很美

人類是被病毒徹底的困住了——這是很悲觀的想法，但我還是要積極的生活著，在重重的限制下尋找自己生活的意義，再看能不能對別人有一點點好的影響。

我真心的覺得：人類戰勝不了這一次的病毒。

其實除了天花病毒，人類從來沒有消滅過其他任何病毒。和對細菌不同，人類可以用抗生素來消滅細菌；但人類從來沒有可以消滅病毒的藥物，只能用疫苗讓自己產生抗體。

換句話說：只有防禦，沒有攻擊。防禦當然是不可能消滅對方的，唯一的期望只是敵人退兵。

別忘了病毒也是一個物種，它們也要存活。它們的繁衍極快，所以進化也很快，甚至快到人類無法想像的速度。為了適應環境、便於傳播、避免被發現，它們不斷的變種，而且出現各種千奇百怪的症狀，讓你無法確定究竟什麼樣子的人才是可能帶著病毒的人，當然也就無法及時治療。

從前SARS出現的時候，人會發燒、會咳嗽，至少還容易發現；現在非但不發燒了（到處量體溫只是一個自我安慰的儀式），甚至味覺喪失、肌肉痠痛都有可能是病毒上身，叫人完全防不勝防。

最厲害的還在後面！竟然出現了「無症狀感染者」。一個大家絕不會認為有問題的人，卻可以到處跑、然後把病毒傳播給其他人，然後有可能讓他們重症或者死亡……這樣天衣無縫的掩護，任憑再厲害的人類也無法拆穿！

當然是可以做檢測，但檢測也不準確，時陰時陽，不堪其擾；也可以隔離，但即使隔離完十四天，還是有人會確診，感覺好像是徒勞無功。

就算疫苗研發出來了！且不說有許多人不肯打或打不到，就算打了一劑、兩劑，照樣會確診，或許不至於嚴重到重症或死亡，但對於病毒來說，這一點也不影響他們的生存發展；而且因為打了疫苗之後疏忽防疫，病毒反而又有了更多「反攻」人類的機會。

疫情一波又一波，而且一波比一波高，完全沒有止息的徵兆。人類唯一的防禦武器疫苗，也不知道是否確實有效，唯一確定的是隨著病毒不斷變種，疫苗的保護力越來越差。有的國家已經再加打第三劑，有的國家幾乎是放棄抵抗，只是沒有人敢老實的承認：人類其實已經束手無策，只是還在做垂死的抵抗。這些話當然是不能公開說的，因為那會打擊民心士氣，何況我也不忍心，所以我只能在一張有日期的舊報紙寫上「人類無法戰勝病毒」這個預言，等著看哪一天終於兌現。

其實如果你看一下佛經或是聖經（不知古蘭經上是否也有），那裡面對世界末日的描述，和如今整個地球上的狀況幾乎是一模一樣……你信也好，不信也罷，但若要說這個病毒有一天會被人類制服（就算轉變成流感也好），我們都可以脫下口罩、自由行動，甚至出國旅遊……老實說，我完全看不到那一天什麼時候會到。

我想我們人類是被病毒徹底的困住了——這是很悲觀的想法，但我還是要積極的生活著，在重重的限制下尋找自己生活的意義，再看能不能對別人有一點點好的影響。如果人類能夠派我做代表去跟病毒談判，設法謀求大家和平共存的方式，我一定非常樂意去做。

當然這是我的妄想，我已經沒有「痴心」了，但仍然經常妄想。

開始設想沒有妳的日子

2021/8/19

天氣晴

我也開始設想沒有妳的日子：我可以一個人開著露營車四處去流浪，反正沒有家了，房子就只是房子，有再美的裝潢和景觀都沒用。

現在只想兩個人過得平平的、靜靜的、淡淡的日子。比較具體的做法，就是不主動、不讚美、不接觸……聽起來很無情，但只有這樣才能長久。

之前總是盡量體貼關懷，她沒想到的幫她想到，她沒做到的幫她做到，她想要的盡力滿足她……這不是討好，是發自內心的自然表現。

之前也總是甜言蜜語，是真心的稱讚她的純真、美麗、善良；也總愛強調她的不可或缺，是她把我變成了更好的人。

牽手、撫摸、親吻、擁抱……更是每日必做的功課，覺得像是一種感情的「確保」，也覺得彼此更因而融合為一。

有時候心裡還不免得意「我們怎麼這麼要好」，看到別人伴侶爭執衝突互相傷害，都覺得無法想像，彼此深情對視，誤以為兩個人可以就這樣恩愛一生。

然而愛情卻是如此脆弱不堪一擊！一句抱怨不滿、一句批評譏諷，就可以立刻將兩個人「打回原形」、深深地刺傷彼此的心。

而且完全不能「將功抵過」，從前即使表現一百分，也不能說這件不愉快的事扣掉四十分，兩個人還有六十分可用——必定是立刻打到零分，甚至負分，互相只有怨、只有恨、只有委屈、只有不滿……根本就是從天堂直接跌落地獄！

更可怕的是會讓你覺得「不值」，既然千般萬般的好都可以一筆勾銷，那又好來做什麼呢？由於彼時是那麼的快樂，此刻反而更加的痛苦。

「我不愛你，但還是可以陪妳。」我不是不想愛妳了，但愛妳太痛了，我付不起了。我寧願只是陪妳，不多做、不多給、不多期待，也就不多傷害……

我還是可以每天起來和妳一起吃早餐、閒聊，一起讀書、看YouTube、聽Podcast，一起在園道騎腳踏車，一起帶著小狗去買菜，一起在晚餐後看Netflix……表面上一切如常，但我不會再去收妳沒收好的毛巾、關妳沒關好的衣櫃門，不會主動關心妳此刻感受如何、今天心情如何，不會再說任何讚美或安慰妳的話，也不會再主動和妳有什麼肢體接觸（有時候真的想拍拍妳的臉、親妳一下，但都忍住了）……我這樣努力的「不愛」妳，就是為了怕下次我們「不愛」的時候，即使是短暫的片刻，也不至於讓彼此那麼痛苦。

下一次再覺得受傷，就不會再氣得咬牙切齒、氣得想摔東西，甚至想捶牆壁，氣得萬念俱灰，覺得這樣活著毫無意義；我只會默默的走開，不久之後再回來，照平常一樣的過生活。

就讓我們從伴侶關係改變成夥伴關係吧！我們在一起不是因為相愛，是因為彼此需要，既然如此，就照著應有的步驟經營我們的「事業」，不必過於狂熱，也不必太多付出，更不需要任何執著，畢竟這只是一家「婚姻股份有限公司」而已，又不是「愛情量販店」。

我終於找到了和妳相處的最好模式：這樣輕如風、淡如水、縹緲如雲……妳說它有就有，說沒有也就罷了，反正無處追尋。

愛情畢竟不是陽光、空氣、水，不是民生必需品，反而可能是一種會上癮的毒品，建議不如離遠一點。

我也開始設想沒有妳的日子：我可以一個人開著露營車四處去流浪，反正沒有家了，房子就只是房子，有再美的裝潢和景觀都沒用。我也可以開一家酒吧，每天聽客人向我傾吐一個又一個失敗的愛情故事。

沒有妳的日子，我一定不會好過，但還是要過下去——只要老天還願意讓我活。

所以我就只能這樣波瀾不驚的和妳在一起，這是我歷經挫折和傷痛之後，唯一找出來的相處之道，如果妳也可以接受，我們就繼續往前走吧……

反正我也不會有太多日子了，將來的一切我也都幫妳安排好了，相信即使沒有了我，妳還是可以找得到更滿意的生活。

病毒與它們的產地

2021/8/26

天氣晴，

但是空氣不好

我身上是有無數生命的，「我」不只是一個生命，而是成萬上億個生命共同組成。所以我活著，代表它們也都一起活著；我如果死了，它們之間絕大部分也都會死。

我活著，也不只是我活著。

我是一個人，也不只是一個人。

以前從來沒有認真想過：我活著，所以我是一個生命體；我卻不只是一個生命體，因為我身上還有成千上萬，不，成萬上億個生命。

至少我知道我身上有許多的細菌、許多的病毒，還有許多的寄生蟲……這些微生物都活在我的身體裡面或者表面，它們的數目可以用百萬計（例如我的B肝病毒），除非有些傳播出去給別人（罪過罪過），否則它們一輩子都會活在我的身體……對它們而言，我其實就是宇宙。

宇宙對我們而言是浩瀚無垠的，但我們的身體對這些微生物而言，又何嘗不是？以前從來沒有想過自己的身體竟然會是個小宇宙，我不只是個王國，不只是星球，我是個孕育了無數生命的宇宙。

我身上有各種病毒，除了B肝，我還可能有流感病毒、人類乳突病毒（希望他們永遠不要在我身上發作、聽說帶狀皰疹很難過），唯一可以確定的是沒有天花病毒，不只因為我種了牛痘，也因為天花病毒已經被人類消滅了——by the way，這是人類歷史上唯一真正消滅掉的病毒，其他統統無可奈何。

病毒們活得也很簡單，就是利用我的細胞不斷的繁殖，速度驚人，可以說是用等比級數二十四小時全年無休的在增加吧！

不過病毒不能在人體之外存活，所以如果它們把我弄死了，它們也沒得活。問題就在於不知道它們有沒有這麼聰明，大家都知道不要「用」我用得太兇，以免同歸於盡。

但如果聰明是以人類為標準，而從人類「用」地球的粗暴方式和不顧後果來看，我好像不應該對這些病毒抱著期望，它們應該只會「埋頭苦幹」的擴充到我的細胞一個個完蛋（本來細胞就會死的，就怕更新的速度應付不了他們的需求），那到時候我也只好乖乖完蛋，它們也都一起完蛋……看來我的末日不只是自己的末日，還是諸多病毒們的世界末日——這一點能讓我自覺更重要，或者更悲壯嗎？好像也沒有。

另外還有各種各樣的細菌：幽門氏桿菌是確定有，但聽說還不多；大腸桿菌想必也有一些，如果有肉毒桿菌就比較危險，如果是金黃葡萄鏈球菌那可能就死定了！

腸胃裡還有不少細菌，聽說它們有益菌也有害菌（人類總是那麼自我中心），我覺得它們不過就是為了活下去吧，對我有害或有益也只是湊巧而已，我好像也不用故意吃一些益生菌到肚子裡，感覺就像美國派兵去阿富汗打仗一樣，人家不一定歡迎，你又不一定打得贏，幹嘛多費事？

細菌的優勢在於我死了它們未必會死，不像病毒那樣全面毀滅。甚至我死了之後還會多出很多細菌，負責處理我的屍體，這一點病毒應該會很羨慕吧？

不過我最近知道了，也有一些病毒會長在細菌身上，看來細菌寄生人，病毒又寄生細菌……這簡直就是一個食物鏈，而跟在地球上相反，在這個小宇宙裡，人竟然是食物鏈的最下層。這到底是造物主精心的安排、還是刻意的反諷呢？

除了這些小的和更小的，還有稍稍大一點的，那就是寄生蟲。

小時候人人身上幾乎都有蛔蟲或者條蟲，吃了藥之後有的拉出來，有的吐出來，那時候才知道原來自己身體裡還有這樣的「過客」，而且可以把原來要供你長大的營養搶走，簡直就是一個不請自來的土匪，還好牠們不是像蜘蛛寄生胡蜂那樣、從裡到外整個把我們吃掉（這如果搬到人身上來演恐怖片就太適合了！）。

現在衛生環境好了，我體內應該不再有蛔蟲或者條蟲，但是不是還有什麼寄生蟲也不能確定……很阿Q的說：反正已經「養」了那麼多病毒和細菌了，再多幾隻蟲也無妨，看你們誰有本事先搞死我吧！——當然最好是讓我活著、你們「慢慢享用」。

講完體內的，再來「點名」身體外面的：例如我的臉上一定有塵蟎，這個大得多，不像細菌要用顯微鏡、病毒要用超級顯微鏡，只要用放大鏡就可以看見這些長相醜陋的小傢伙。

這種「昆蟲」的優勢就是小，正常你看不到牠，自然對牠無可奈何；牠又那麼小，只要吃你臉上的皮屑就足以存活。所以牠這一輩子就在你臉上出生、成長、交配、繁殖……你有想過每天每天，都有無數的小蟲子在你臉上「打炮」嗎？如果這樣聽來不太舒服，我就換一個說法：你有想過每天每天，都有無數的小生命在你臉上誕生嗎？而且你還不知不覺地供養牠們一輩子？

不只塵蟎，還有蝨子。在我還在讀小學的那個遙遠年代，女同學是要坐著互相幫對方抓頭蝨的。長大之後我也曾遭到陰蝨入侵，不得不把牠們潛伏的地方除個乾淨——也就是把陰毛都剃光啦！這還真是個「難言之隱」。

以上是我知道的部分，不知道的還真不知道還有多少。總之我身上是有無數生命的，「我」不只是一個生命，而是成萬上億個生命共同組成。所以我活著，代表它們也都一起活著；我如果死了，它們之間絕大部分也都會死。而又如果我死了之後，我原先供養的（例如某些細菌）有的繼續活下去了，那算不算我的生命繼續延續下去呢？

你可能會說不能這樣比：如果是你親生的孩子，他們帶著你的DNA繼續活下去，勉強還可以算是你生命的延續，至於細菌……

可是這些細菌也是完全用我的身體養成的呀！難道它們不屬於我的一部分，不能繼續傳承我的生命？

這樣的問題當然不需要答案，只是讓我對「生命」、對我這個「人」有了重新的思考，原來我這個人不只是一個單一的生命體，還有那麼那麼多的生命因我而活，那麼我活著就更有意義了嗎？我就因此更看重自己的死亡了嗎？並沒有。

本來我的生命就是從無到有，而且有這麼多「同伴」一起活著；當然有一天也會從有到無，同伴們或生或死，也總是有緣一場相聚。

緣起緣滅，生生死死，至少到現在為止，我還擁有一個精彩的小宇宙！

還我健康山河

2021/8/28

天氣晴，

但天空灰濛濛

我的腫瘤，已經長大到沒有空間再長的地步，簡直就像是我的燕雲十六州，早已被契丹竊據，而且絕沒有要還給我的意思。

四百萬與四十三。

這兩個數字差距何等好大，卻與我有關。因為它們是我八個多月前和現在體內的B肝病毒數量。

當初我真的被這四百萬嚇到了！心想有這麼多的病毒在我的身體內肆虐，不知道要害死我多少的細胞、搶走我多少的養分、消除我多少的活力……而且這樣攻城掠地、快速增長，想必沒多久我就會被它們「全面占領」，甚至成為一個被病毒控制的「喪屍」。

但後來查了網路，原來四百萬也還只是小咖，有人好幾千萬，甚至連上億的都有……這病毒也未免太小了，難怪一般顯微鏡都看不見。而事已至此，打疫苗顯然是來不及了，只有用藥物設法抑制病毒們的快速成長。有些人好像可以「收復失土」，有些人則就此「淪陷亡國」——命運各不相同，我也不知道自己屬於哪一種。

一邊每天乖乖服用「肝敵清」，一邊覺得這個藥名取的真好！「要把肝的敵人都清乾淨」，這樣看來豈不是希望無窮？但那也只是一個目標，甚至一個夢想而已，我們都知道它不可能把病毒完全清乾淨，否則就不會需要吃一輩子藥。

其實比較像是美國在阿富汗駐軍，只要有美軍在，塔利班就不敢太囂張；一旦撤軍，原本好像已經銷聲匿跡的塔利班又會捲土而來、重新掌握整個國家。

用這樣的比喻，那麼算是個好消息！原本為數四百萬的「恐怖分子」只剩下四十三，完全剿滅的日期似乎指日可待。

但它們可以潛伏起來，化成一般平民的樣子，你也不能無緣無故地去抓來亂殺；只要等你一走，它們就可能拿起武器從你背後開槍……也難怪二十年了美國還是沒辦法解決阿富汗問題，就像我無法對付這些病毒一樣，唯一的好消息是我還不需要撤軍。

不但不用撤軍，我還有「盟軍」幫忙：除了這個「望文生義」的肝藥，後來經過朋友介紹，我還開始服用牛樟芝和黃薹的滴丸（用原料做成，極小顆，含在嘴裡就化），每天吃好幾次、每次吃好幾顆，帶著「死馬當活馬醫」的心理，心想既然別人吃了有效，或許我也可以姑且一試，反正這風中殘燭 nothing to lose。

後來聽到一位中、西醫說，他也給癌末的岳父吃這兩樣，效果似乎不錯，我也就更有信心了（其實就是多一點念想，哪來的信心？），「三國維和部隊」一直幫我撐了下來，至少感覺身體忽然疲倦的次數變少了，精神體力（應該說活力）似乎也增加了。「養病」期間，除了寫日記，我還同時在寫《一本搞定國文素養》、《賈寶玉和他的四個女人》以及《臺灣史快易通》三本書，說起來應該還算是滿有能量的。

如今侵犯國土的「蠻族」已經受到壓制，為什麼我卻沒有如獲大赦、喜出望外的感覺呢？因為我的國土還有一大塊，那就不是恐怖分子活動，而是完全被敵人占領，根本可以說是「動搖國本」——我的腫瘤，已經長大到沒有空間再長的地步，簡直就像是我的燕雲十六州，早已被契丹人竊據，而且絕沒有要還給我的意思。甚至哪一天會不會變成我的北宋，我是否能偏安江左都很難說，到時候或許只能新亭對泣、遙望故國——當然我沒忘記，宋朝最後還是滅亡了！就跟我的生命一樣，早晚不免一死，只是不知道還有多久。

我之所以高興不起來，應該就是因為還有這個強敵要對付。這個就不是堅壁清野所能解決，非要直面敵人、攻城掠地、「大破朱仙鎮」不可，可我要去哪裡找我的「岳家軍」呢？我又有沒有岳飛的驍勇善戰、一意孤行呢？我努力收服失土，最後會不會也只得到「莫須有」三個字呢？

一切都是未知，先把今天過好了再說。

全心愛一個人，真好

2021/9/14

天氣陰

我只是一片天空，願意接納她任何型態的天氣，晴空萬里也好，滿天陰霾也好，狂風暴雨也好……我都容得了，而且我知道都會過去，而我還是那一個永遠的天空。

我似乎又學會怎麼愛Jessy了。

最近常和她在家裡手拉著手，也多了一些身體的觸碰，有一天走路她還摟著我的肩……像我們以前那樣。

我也越來越常注視著她美麗的容顏，明亮的雙眼，以及春花般開放的笑容。她依然美麗如昔。

之所以停止了愛她，是因為愛極其甜美，忽然不愛時又太過傷痛。因此寧可不相愛、只相伴，沒有了期待，就沒有傷害。

是在這樣怯懦的心情下，停止了對她多餘的付出，只盡到一個伴侶的基本責任，只說日常生活非說不可的話，感覺像家庭舞臺上的兩個木頭演員，各自扮好自己的角色，但是毫無激情可言，不論愛恨。

但我還是不知不覺「轉念」了：如果我不愛她，她也不愛我，但這世上我也不會再愛任何人了，也不會再有任何人來愛我，那我這一輩子不就要和「愛」這種美好的感覺絕緣了嗎？我已經老到禁不起為了美好的事受傷害、受折磨、受考驗了嗎？

如果「我不管，我就是愛她」呢？即使她沒有回應，我也有付出的快樂，對一個人好也能讓自己覺得好，何樂而不為？至少不會有損失。

而如果她有回應，那就都是我賺到的，世界上能有一個人對你好、時時刻刻在你身邊，這不是最大的幸福嗎？我為什麼要輕易放棄得到這個幸福的權利？

剩下的問題就是萬一她又「不愛」了怎麼辦？即使是短暫的片刻也很傷人，足以令你沮喪灰心，甚至絕望。但是我已經無所求於她了呀！「得之，我幸；不得，我命」心裡這一關過了之後，也就沒有得失心了：愛她是因為我自己想愛她，而不是非要她也愛我不可，所以她可以對我不好、對我好、純粹陪我、甚至不搭理我……這都不影響我愛她。

我只是一片天空，願意接納她任何型態的天氣，晴空萬里也好，滿天陰霾也好，狂風暴雨也好……我都容得了，而且我知道都會過去，而我還是那一個永遠的天空。

也或許因為一起做Podcast吧！我們也成了「事業」上的夥伴，除了旅遊之外（已被禁錮許久）又有了一個共同的目標。不止互相凝視，還可以共同看向前方，這一次我們或許可以走得更長久、更穩定、更堅持……不會再有坎坷荊棘陷阱深淵——重點是就算有了我也不在乎，因為我的心已經是波瀾不驚，反正不管風怎麼吹，我的湖水還是忠實的映照妳的心情，妳仍然是我亙古不變的風景。

能全心的，而且毫不擔心的愛一個人，真的很好。

把痛視爲常態就不苦了

2021/9/17

天氣晴，

霧霾回來了

我越來越對苦不知不覺，也越來越對樂並無所謂，能讓自己的身體和心靈都沒有太多的波動，像一隻在平靜水面行駛的小船，能夠悄無聲息的駛向前方，只泛起微微的水波……

我人生的戰鬥（也可以說好聽的，叫做洗禮）到現在也還沒有告一段落：抑鬱症的部分算是勉強度過了，不再強烈的自我否定以及萬念俱灰，但時不時還會低落一下；差別只在能夠自覺，可以先服藥、也可以努力提振自己，一般來說不難安全過關。

真的是「沒有病過的不知道痛」，有過這樣的經歷，就完全可以體會抑鬱症患者的痛苦，那是我以前完全無法想像的；也可以想見大多數人，對抑鬱症完全無法感同身受，畢竟每一個人都只能病自己的病、痛自己的痛。

B肝病毒的部分「表面上」取得了重大的成果：總數四百多萬隻病毒降到四十三隻，這可是壓倒性的勝利呀！

但畢竟也只是檢驗數據而已，我的耳鳴仍然小若蟬鳴，大若機器運轉，我的嘴裡仍然有時含著鹽塊、有時又像含著黃連，全身如鬼魅般時來時去的痠痛也仍束手無策……似乎我的身體並未接到「你病好了」的訊息，要不就是我真的太多種病痛了，B肝根本是微不足道的小case，「湊什麼熱鬧呢？」

接下來要處理的就是我肝臟的腫瘤了，十四．五公分的腫瘤到底有多大呢？我有點擔心的問醫生它還會不會變大，醫生說根本沒有地方可以讓它再長大；換句話說，它已經盤踞了我肝臟的主要部分了，眼看著「共匪竊據大陸」，我卻沒有地方「政府播遷來臺」，所以也只好正面對決、跟它拚了，正在形成一個「你死我活」的局面。

下禮拜就要手術了！心中難免忐忑。但我更在意的是：這樣的一場人生猝不及防的遭遇，到底改變了我什麼？或者我吃了那麼多苦之後，到底有沒有得到些什麼？難不成只是一個完全的「賠本生意」吧？

我最先想到的四個字是「非苦非樂」。

也就是說：大凡對於苦，我必須不當它是苦。《心經》裡面「度一切苦厄」和「能除一切苦」是我一直懷疑多加上去的兩句，因為既然都「無苦集滅道」了，那還需要度什麼苦、除什麼苦呢？豈不是自相矛盾？

但對世人而言，實在是太多苦了、太難以承受，人人都想要「離苦得樂」，有這樣的妄求也是情有可原。

我的想法是：身體上的病痛往往不知所由何來，但既然止不了痛，那當然就是苦，所謂痛苦痛苦，果然兩個字是密不可分的。

但如果我以痛為常態呢？也就是說身體會退化、會缺損、會故障……因此時不時都會傳來痛的訊息，能處理的就處理（例如吃止痛藥、例如就醫），但如果是會一直存在的痛呢？既然始終消滅不了它，是否可以學著與它共存？就像身體有殘缺的人，無法改變這個殘缺，就必須學著使用這個殘缺的身體，既然有種種不便，但大致可以過上「雖不滿意但可接受」的生活。

對生理上的痛，是否也可以用同樣的方式對待？痛要來就來，反正我也擋不了，那我就設法習慣這種痛，在痛中仍然繼續維持我的生活節奏，或許有時可以分心，或許有時特別專注……像我在做Podcast的時候，因為全神貫注，簡直就是百毒不侵，一點也沒有感受到這些疼痛。

所以痛是可以無感的，習慣就好了，接受就好了，就讓它來來回回就好了……這種阿Q式的精神勝利法，你也可以說是自欺欺人；但我們如果可以騙過自己的心智，讓它完全忽略身體的疼痛，而視為一種正常現象，那麼在知覺上這個痛是否可以因為被忽視而緩解而變弱甚至就消失了呢？

簡單的說：有時候你可以忘掉你的痛，而即使還在痛，因為你把它視為常態，也就不覺得是一種苦。

不苦了，也就不用度、不用除，更用不著拚命逃離。

當你不把苦當苦的時候，自然也就不把樂當樂了——那人生如果不追求快樂，活著還有什麼意思呢？一般人一定是這樣想的，可是快樂多半短暫、往往淺薄、而且代價不菲……回想你這一生中的所謂快樂時光，又有多少是深深印在你的心扉，或者早就已經隨風而逝？

為了追求快樂，我們都曾有過許多期待、編織美麗夢想，也付出青春努力追求……但總是落空的多，即使追到了也不容易長久把握，或者很快心生厭膩又要去追求更多。

那如果不要以這些樂為樂呢？「得之我幸，不得我命」，把快樂當成陽光一樣，如果今日天晴能照射著我不錯，如果是陰霾風雨我也欣然接受——我沒有非要陽光不可，我也沒有非要快樂不可，我過日子靠的是心靈的平靜，而不是忽來忽去的大悲大喜。

「無苦無樂，但願平靜」，至少對我來說，只有這樣才能把每一天過下去，我越來越對苦不知不覺，也越來越對樂並無所謂，能讓自己的身體和心靈都沒有太多的波動，像一隻在平靜水面行駛的小船，能夠悄無聲息的駛向前方，只泛起微微的水波，為我微不足道的一生做一點小小的注記……

就像這一篇又一篇的日記。

樂於接受一切

2021/9/19

天氣晴，

但是天空陰沈

我還是樂於讓這個世界更加美好，但對自己則再無所求：但願真能「無苦無樂」，讓自己做到「不悲不喜」，那我或許就能對生死的大問題稍微理解。

我們一定要記得：不要對自己的遭遇評分。也就是不管你發生了什麼事，或者處於什麼樣的狀況，你唯一要做的事就是「接受」。

因為不接受它也不會不來，只有接受了你才能夠處理（或者沒辦法處理，那也要接受了才知道），既然是一定要有的，就不要把它分成是好的或是壞的，也就是不把它當成是苦的還是樂的。

因為如果你當它是樂的，你就會期待它繼續發生（它卻很可能沒有，這由不得你），甚至你就想辦法「娛樂」、「享樂」、「找樂子」……那也不保證能夠得到，就算看一部通俗喜劇，也未必能讓你哈哈大笑；更多時候你可能找不到什麼東西可以確定給你快樂——快樂既然無法自己生產，又不保證有人幫你供貨，何不乾脆就此戒斷？

但這樣不會很虧嗎？人生都沒有開心的機會了嗎？那也不見得！因為你對苦也是一樣的標準，你不把苦當苦，也就不怕苦，不用逃避苦，說成「甘之如飴」有點誇張，但是「雲淡風輕」卻有可能。

我就是這樣刻意忽視苦和樂的差異，平等的對待自己所有的狀態以及遭遇：今天身體痛就痛吧！反正這就像每日的必經課程；今天要是不痛就不痛吧！就當是例假日，但早晚還是要回復常態。

而對於所有的，一般人應該覺得快樂的事，我也淡然處之，因為知道那不必然、不長久、不可期待（看來讀《心經》對我多少有點幫助），所以就像迎接每天的天氣一樣迎接心情，波動越少也越不會驚擾自己的心，負擔也就越輕。如此就能做到「不悲不喜」，這是第二組的四個字，我這大半年來體會到的所謂人生真諦的三分之一。

剛好看到莊智淵一段話很有所感，他說：「其實外人不會了解：贏一場比賽和輸一場比賽所獲得的，其實是一樣的東西。」

這就是「不悲不喜」的道理呀！我們看球賽，既是欣賞選手的球技，也更在乎他們的輸贏，想要分享他們勝利的喜悅，也不得不承擔他們失敗的傷心……但是對於選手來說，比賽就是在展現他全部的、最好的自己，關鍵在於是否達成目標，至於勝負榮辱那只是外在的評價——如果我覺得自己表現得夠好了，我就滿意，輸又怎樣？輸贏不過是漫長的運動生涯中一次又一次的評比，很快就會被忘記，只有留在自己體內的那些深刻的經驗，才會成為生命真正的一部分。

所以我就是要過日子啊！有什麼好悲傷的（那就會「難過」，難以度過）？又有什麼好手舞足蹈的？記得父親過世的時候，我正在臺北跟朋友喝酒，電話接到消息（我不會用噩耗這個詞），我聽了點點頭沒說什麼，繼續跟朋友喝酒——你可能會說我是一個多麼無情、多麼不孝的人呀！可是父親年事已高、身體不好、心靈封閉……他的離開是早晚的事，既然是終究要發生的事，又何必為此耗費自己的情緒、影響原本的生活？就等回去籌辦葬禮，確認世界上從此少了一個親人，然後日子必須繼續過下去……難道不是這樣嗎？就算我大哭一場，或者「哀慟逾恆」（多麼誇張的形容詞！）又於事何補？可以讓父親活過來嗎？還是可以讓自己過得好一點？

從前讀〈岳陽樓記〉，范仲淹說：「不以物喜，不以己悲。」我真的是一點都不懂；但如今我希望能夠直接跳脫悲喜，就淡淡的看這人世、平平的過著日子、靜靜的走向結束……

情緒不動，也不表示我就完全無情了（不可能到那麼高的修行境地），但是我可以微微的愛、微微的憾（不是恨喔！恨太傷身），所以我盡量無感，但仍然多少有情——這只在於對別人，我還是樂於讓這個世界更加美好，但對自己則再無所求：但願真能「無苦無樂」，讓自己做到「不悲不喜」，那我或許就能對生死的大問題稍微理解。

再想下去要燒腦了！趁著夕陽還有餘暉，我還是去騎騎腳踏車吧！

不留遺憾的生活

2021/9/26

天氣晴，

但看起來陰沉沉，

八成是空氣太差

生不可貪，但要好好守住；死不可拒，故要準備周全。如果我已經能夠隨時都可以安心死，隨時也都好好生……

今天到醫院做入院前的PCR採檢，人出其意外的多。沒想到竟然有那麼多重病的人呀！畢竟我們平常只會關心自己，除非是親友，否則確診也好、死亡也好，都只是一個數字而已。

既然死亡唾手可得，往往突如其來，而且不容拒絕，所以我們每一刻，不，分分秒秒都要做好準備。

就假設自己的生命在下一個呼吸之前就要結束了，那麼擔憂也沒有用、恐懼也沒有用，只有坦然接受。就更認真、更用力、更珍惜的活著吧！即使是天上的一抹雲、路邊的一朵花、書中的一個金句、路人迎面而來的一絲絲微笑……都確切的感受到「啊我是因為活著才擁有這一切」，所以我要時時刻刻的體會「活」的所有感受，不只是live，更是life，這樣才能讓生命多彩多姿、發光發熱……至少對自己而言，跟這個世界緊密的連結著，充分「享用」生命所給予你的一切，直到被命運收回為止。

這就是「即死即生」，我們要準備好隨時離開這個世界，而且設法在必須離開時了無遺憾，沒有尚未彌補的虧欠，也沒有未能達成的心願，更不要有還在糾結的恩怨……來時既然由不得我們不來，走時我們當然也只有對死神「欣然從命」，但求再回頭看這個世界最後一眼時，心裡只有一個念頭：「幸好我看過了美好的風景，遇見了美好的人，也講述了屬於自己的美好故事。」

我沒有遺憾，我了無牽掛，我可以說走就走，就像告別一個旅遊勝地，前往下一個未知的目標。

目前我的想法是「過一天算一天」，這不是消極悲觀，而是積極樂觀，敞開心房歡迎我所得到的每一天，好好的把它過完，該感受的感受，可品味的品味，想做的就做，能對人好就對人好……直到就寢之前，回想一下這一天過得不錯——成功！安心的閉上眼準備迎接我的下一天。

我確定生命是如此脆弱：打開新聞，看到每天都有人以各種方式離開這個世界，我們當然也很可能是其中之一。我們當然會小心翼翼地保住自己（誰不愛惜自己的生命呢？），但也不敢說億億萬萬的細菌、病毒、癌細胞不會悄悄看上你，更不說各種此起彼落的天災人禍，真是「無處不可死，無時不可死」，即使並非亂世，人命也賤如螻蟻。

但人命也可貴如螻蟻，不是說「螻蟻尚且貪生」嗎？生不可貪，但要好好守住；死不可拒，故要準備周全。如果我已經能夠隨時都可以安心死，隨時也都好好生，那麼生死這樣的人生最大關卡，我似乎也可以過得去了。

從「無苦無樂」到「不悲不喜」到「即死即生」，這是我對人生的應對之道，也是大半年來歷經恐懼、沮喪、失落、焦躁之後，安頓自己身心的方法。

或許我還是在說大話，或許我是眼高手低，或許我是自我寬慰，但我有了這自創的十二字真言，可以用來鼓舞我度過餘生，再加上Jessy的愛心陪伴，我相信自己可以有一個安詳平靜但不失活力的晚年生活。

生命中有許多的感受和思考，真的是要有足夠深刻的經歷，才能真切得到並擁有的呀！我的智慧就只能及於此了，願能依此跨過千山萬水、達到彼岸……

別把自己當國王

2021/9/29

天氣晴

你的細胞、你的血管和神經、你的器官其實都不是你的臣民，只能算是你的夥伴，盡可能對它們好一點吧！

昨天完成了去除腫瘤的手術，反正就是睡了一場沒有夢的覺，醒過來之後那個在你體內繁殖的「小生命」據說就離開了，再也不會來危害你。

小生命，或者說這些「不乖」的小細胞是無辜的，它們或許只是不像其他細胞那樣，願意乖乖的接受自己出生、運作、消滅（被替換）的命運，而想要用自己的方式繁衍下去，像胚胎般形成一個生命……

當然就算它沒有被發現，也無法如願以償，它能做到的只有毀掉一個生命，而無法創造一個生命，但是大自然賦予它的任務本來就是這樣：如果這世界都沒有死亡，又如何容納新生？

這回它算是沒有「革命成功」，提前被請出了我的體外，但這些野心勃勃的傢伙，是否會冒死留下幾個臥底的，改天再趁我不備出來作亂，那可是誰也說不準的。

而且它們也不是那麼毫無代價就「戰敗」的：由於手術，我需要麻醉；麻醉之後的後遺症，竟然是解尿困難——我知道麻醉的肌肉鬆弛劑會造成括約肌無力，卻沒想到也會造成我的尿道無力。

真的是「簷前點點滴滴到天明」，每次都只能有氣無力的尿一點，但因為還在打點滴，補充的水分使我一直有尿意，卻又只能尿上那三點五點，因而幾乎二十分鐘就要上一次廁所，而且每次都要上很久。

我啞然失笑，跟Jessy說：「沒想到我這一生，會有一天中唯一努力的事，就是尿尿。」

傷口也不痛，身體也不會無力，只有「小事」困擾我……而不斷困擾的小事，就成了大事。那些被趕走的細胞如果知道，一定會在背後竊笑：「哈哈老頭子，付出慘痛代價了吧？」

其實我說過我願意養一些病毒，也願意養一些「有志氣」的細胞……前提是它們不能發展過度，侵害了我的器官和正常功能。不過它們好像不是能夠自我克制的傢伙，往往一發不可收拾，最後就是「同歸於盡」，我也甭想遞什麼和平的橄欖枝了。

大家也都不過只是想活著而已，在我身體裡面的所謂正常細胞，也不是特意對我好，它們只是依照天生的方式運作，剛好沒有危害我；我也持續汲取養分來供應它們，基本上是一種共生互利的關係。

所以你的細胞、你的血管和神經、你的器官其實都不是你的臣民，只能算是你的夥伴，盡可能對它們好一點吧！但它們也不見得會放過你，因為更大的boss在上面，難怪自古以來都有人要求神拜佛——如果了解世界的自然運作，應該不是忙著祈禱而是學著接受。

又說大話了，哎呀，這是我對自己的期許嘛！「有夢最美」不是嗎？

不是落荒而逃，而是華麗轉身

2021/10/1

天氣灰濛濛的晴

說不定把最後的歲月活得更加多采多姿，也多給人留些念想——反正到最後，我們都已不在世上，只能活在別人的心裡。

「我一定不做化療。」

「我贊成。」

「我不想為了多活不知道多久，卻毀了現在的生活品質。」

「好，我支持妳。」

老友EP那時候打電話給我，可能沒想到我的反應跟別人都不一樣，她應該很欣慰，終於有人支持她「不理性」的行為。我也殷殷期盼她要照顧好身體，因為我可是甘冒大不韙的押寶在她這一邊。

本來她的姊妹淘還派代表來遊說我，說EP最聽我的話，要我勸她接受化療，沒想到我早就「變節」，帶著她「叛逃」了。

我這可不是非理性的行為！就用一個最簡單的故事來譬喻吧：如果我是一個王國，我的五臟六腑就是各個城市，某個城市裡的居民「變壞了」，互相商議，決定不守規矩，一起開始為所欲為，可以說是「組織犯罪」，不但傷害了原本的善良居民，也破壞了這個城市的健全發展。

我不能讓野火燎原，只好派兵（那當然是手握武器的醫護人員啦！）平亂，把這些暴民都剷除之後，雖然鬆了口氣，卻還是不能放心。

誰知道倖存的暴民是否還潛伏在群眾裡面，一有機會又出來作亂？誰又知道原本無辜的良民會不會被煽動，哪一天也來參加暴亂？

因為不曉得這些人為何無緣無故的「變壞」，如今除惡務盡的方式就是對城市展開炮轟，確定把暴民的殘餘分子都打死……當然炮彈無眼，必定要犧牲不少無辜百姓，整個城市也會變得殘破不堪。

而如果這樣能夠一勞永逸也就算了，其實往往無濟於事，或者這個城市沒了暴民，別的城市卻又有人「變壞」，難道又要派兵進去「血洗」，然後再用炮火也把這座城市和無辜的人民一起毀掉嗎？那我這個王國豈不就殘破不堪、岌岌可危？

我不認同這種「玉石俱焚」的做法，我寧可相信即使有倖存的癌細胞，有限的數量未必一定能再發展壯大，說不定可以在體內和我和平相處（就像病毒一樣），但至少我不用把其他的好細胞都犧牲掉，搞得自己身體孱弱不堪。為了多活一點時間（而且根本也不確定會多多少）卻先毀了現在還有的正常生活，那樣「重量不重質」的生命意義究竟何在？我實在想不出來。

其實人類到現在對於癌細胞還是束手無策，在切除之後只能做這種「同歸於盡」式的化療或是放療。日本有醫學實驗證明：不論是否接受「炮擊」，癌症患者的存活率是一樣大的；而且也在許多過世的老年人身上，驗出數量不等的癌細胞。因而醫界有不少人主張，把危害不大的癌症當作一種慢性病來看待，不一定要做這樣「堅壁清野」的處理。

我是基於這樣的理念來支持EP不做化療的，當然還是要小心調養身體，她也很爭氣的健康活下來了。我很慶幸，畢竟這條命是我「具保」的，「我對我的玫瑰花是有責任的」。

另外一位朋友則在化療之後，身體受損、心理煎熬之下，受盡無限痛苦之後往生，而且比醫生原先說「如果不做化療只能再活一年」也沒有多活過一天，白白受了那麼多苦，如果能夠在好友陪伴下，不受痛苦的度過安寧的最後一年，對他來說難道不是更好的安排嗎？

反正我的心意已決，如果證實我也不幸「中標」，我是絕對不會再做任何治療的，更不會拖累家人，只要能讓我身體不痛苦、心理安寧，我的自我期許是淡然接受自己的命運。

說不定把最後的歲月活得更加多采多姿，也多給人留些念想——反正到最後，我們都已不在這世上，只能活在別人的心裡。

說不定這段最後的歲月出乎意料的長，那不就是我賺到了嗎？人生的最後，難道還不敢賭這一把？

也不知道像我這樣自己在做心理建設，是不是就足夠剛強的對抗病魔，但至少不會讓我驚慌失措，對於自己的處境能做到「雖然不滿意，但可以接受」。

誰又不是呢？想起史豔文說的：「時也、命也、運也，非我之所能也，是不得不為也。」

希望我的「不為」，不是落荒而逃，至少是一個華麗轉身！

想好好看看這美麗的世界

2021/10/2
天氣號稱晴、
看似陰

把車停下來，打開躺椅對著山巒、大海、夕陽或是雲海……我要最後一次把這些美景印在我的瞳孔、存在我的腦海，帶著這一切珍貴的影像離開孕育我的美麗土地……

如果最後證實我體內的的確是「叛軍」、而且我又決定不加以「圍剿」，那麼這些「流寇」可能四處逃竄作亂，終將導致我的王國「滅亡」——這個比喻實在傳神，可見我的文筆的確不錯（雖然這麼說不合我謙虛的本性），但那已經一點也不重要了。

唯一重要的是醫生可能「宣判」還有多少日子好活（希望這位醫生有guts，不要跟我支支吾吾），那我就真的可以好好規劃我的「餘生」（好像也可以用殘年，不過聽起來比較慘）了。

我可能會去買一輛想了很多年的露營車，帶上足夠的止痛藥（希望多年來交往的醫生、護士、藥商……都能派上用場，雖然從來不是為了這個目的而和他們為友），然後開始環島去拜訪我心中的那些好朋友。

我還沒有「盤點」過，人數可能不多，但彌足珍貴。我會去拜訪對方，跟他或她好好的聊一聊我們相識至今的過程、我們彼此的真實感受，並且表達真摯的謝意……如果還能幫對方完成一個小小的心願那就更好了！

我並不是沒有私心的：因為可能不久之後我就不存在這個世界上，我只能有一小段時間還活在他們心裡，我的奢望是被想到時是親和的、溫暖的、帶來歡笑的……我希望留在人世的是這樣的一個剪影。

在這個尋訪老友的過程中，我也會路過那些熟悉的老地方，散布在臺灣各個隱密角落的美麗風景。把車停下來，打開躺椅對著山巒、大海、夕陽或是雲海……我要最後一次把這些美景印在我的瞳孔、存在我的腦海，帶著這一切珍貴的影像離開孕育我的美麗土地……

這樣似乎就有點傷感了：想大家記住我，又想我記住臺灣，這算是對自己最後的慰藉嗎？也可以欺哄自己對這個世界沒有白來一趟。「這土地我一方來，將八方離去」，可能要這時候才懂得鄭愁予的「偈」，生命終於給我當頭棒喝了呀！

如果都做完了這些我還「僥倖不死」，那就要去完成我最後一個遺願：搭乘郵輪環遊世界一百天，回去一一造訪全世界我到過的地方，以及我還沒有去過的地方。在這裡沒有人知道我，每天的一切都有人安排好，美食美景，隨心所欲……真的痛得受不了了，止痛藥又用光或無效了，那就往大海的懷抱裡輕輕一躍，再也沒有人找得到我的蹤跡，我自己變成了一則沒有寫完的小小傳奇。

那都不管心愛的人了嗎？對，因為我不要她費心勞力照顧病弱的我，只需要每天跟我在視訊裡言笑吟吟，知道我今天做了什麼、過得如何，她或許會想念我、掛懷我、有點擔心我……但不必等我回來。

我留下的房產和保險金雖然不多，但足以讓她後半生衣食無虞；我們曾經在世界各地以及自己家中締造的美好回憶，足夠讓她慢慢反芻——但我更希望她早日拋開這些，過上自己更想要的生活，只要她依然平安健康幸福，我在另一個世界也會欣慰滿足。

「知我者，謂我心憂；不知我者，謂我何求。」反正這些也都不重要了，我的痴心妄想也不重要，我「想好了」就夠了，究竟能不能做，那就到時候再說。

何況，到「那時候」也已經沒多久了。

我的墓誌銘

2021/10/3

天氣仍然是

灰濛濛的晴

想為自己寫一下墓誌銘：「這裡躺著一個這輩子都很開心，而且也讓很多人開心的人。」

該是時候回首我這一生了。

我的一生當然未必就此結束，但也很有可能來日無多，趁現在還可以時「盤點」一下，免得真正關店的時候讓人有「倒閉」的感覺。

這一生做的事，其實就是一個「文化個體戶」，如果要講粗魯一點那就是「單幹」。

自從三十五歲離開學校，我第一份也是最後一份正職工作之後，我就始終是一個人：我沒有助理、沒有同事、沒有合夥人、沒有經紀人、沒有工作室、也沒有公司——

雖然為了合法節稅，曾經成立過兩家沒有員工，辦公室加起來只有六坪的公司，但我也很老實的取名為「梅影」和「甲先」，稅務單位也心照不宣。

不管是寫作、編書、演講、站臺、做節目、主持活動、拍廣告或是上通告……我都是親自接洽、自己決定、獨自獲益——偶爾也有幫我介紹case的，我也欣然接受，抽成照付，但從沒有和人「簽死」過，可以說是個不折不扣的「自由業」。

所以多年來我一直堅持在自己的職業欄填上「自由作家」，自由是我的形態，創作是我的事業。

而我做或不做，只取決於三件事：

一、「有害無害」，最起碼不能危害社會、有害他人或者害到自己，雖然放得很低，我還是有一點道德標準的，主要是為了讓自己安心。

二、「好不好玩」，我只想做自己得心應手而且新奇有趣的事，所以取決的標準不在能獲多少名、得多少利，而在於我能不能做得開心。當然因此錯過了不少好機會，甚至少賺了很多錢，但此生至少沒有一件工作我是不開心在做的——人生在世，能夠一直保持「向人說不」的權利，也是一種福氣。

三、「錢多不多」，如果判定「無害」，而且「好玩」、決心要做了，我就會向對方提出相當高的價格，通常超出行情，讓他們往往不甘心卻又捨不得，所以我拿的錢一直比別人多，即使這幾年上通告，工作人員也要很小心不讓別的來賓看到我收據上的金額，否則一定會「炸鍋」。

我不是貪財，我也做公益、我也常捐款，我只是想以價制量，以免工作太多；我也想物超所值，讓人家甘願多付；最重要的就是一種自我肯定，透過這種少見的方式來肯定自己「我值得」。

就這樣渾渾噩噩三十幾年，除了那一次「出事」的重大挫折，日子可以說是過得順風順水，除了名利雙收，還可以玩遍臺灣、遊歷世界……人生該享受的我都享受了，全部也只受了那麼一次的困頓挫折，而且也算走過來了，這樣的人生不管怎麼說我都是相當滿意的。

最後生這一場病（嚴格說應該是「三場同映」：B肝、腫瘤以及抑鬱）真的也只是剛好而已，總不能演成「永遠過著幸福快樂的日子」這種童話吧？

最後來上一場黑色喜劇，其實還滿適合我的風格，我也算是奮力一博了，在「四面楚歌」之下還能看似若無其事的出書、寫FB、做Podcast……

即使我的開心受到客觀限制，但我還是想盡辦法讓大家開心，而大家開心，我也就開心了——這豈不就是我一生的「志業」嗎？

雖然我已經簽署了大體捐贈，所以不會有墓碑，卻也想為自己寫一下墓誌銘：「這裡躺著一個這輩子都很開心，而且也讓很多人開心的人。」

以上。

自我點評

2021/10/4

天氣晴

天空有一點淡淡的藍

誠實豈止是美德，根本是對人的奢求。不過若到了生命的最後關頭，至少不會再欺騙自己了吧？因為那樣一點也沒有用。

我好像寫過一篇小說：死後的我來參加自己的告別式，想聽聽別人對我的真實看法……不過我太天真了，即使到這個時候，大家也未必就會說真心話，多半還是場面話吧！因為這些話還是說給活著的人聽的。

就像喪禮永遠是為活人而辦的，只不過用死人做藉口。

所謂「人之將死，其言也善」，這恐怕也未必，誠實豈止是美德，根本是對人的奢求。不過若到了生命的最後關頭，至少不會再欺騙自己了吧？因為那樣一點也沒有用。

所以我至少可以想像一下：在我死後，人們談到我時可能會有一些什麼評價。

第一個想到的就是「沒什麼上進心」：確實如此，我從來沒有什麼偉大的志向，沒有要做一番什麼轟轟烈烈的事業，只喜歡做自己有興趣，又做起來很容易的事。

而且從來不管事情做得好不好：出書不管排行榜，做節目不管收視率，自媒體的點閱率我也毫不關心——反正你們愛聽不聽、愛看不看，我自己高興就好。

這樣的人怎麼可能成為什麼「人生勝利組」呢？能平安活下去就不錯了。

還有就是「不懂人情世故」：我不懂人情世故到自己過了六十歲才知道自己不懂人情世故，夠嚴重吧？也不知道是因為生活太單純（永遠的個體戶）還是個性太孤僻，「禮尚往來」這種基本的事我都不懂，更不要說是什麼拓展人際關係了。表面上八面玲瓏的我，其實私底下十分封閉，討厭人多的場合、討厭應酬的話語，如果要算真正的朋友，這輩子加起來可能也沒有十個。

就連給朋友送禮回禮，請朋友吃飯喝茶，都還常是Jessy提醒我或幫我安排的，我因為自己不在意這些，就誤以為別人也都不在意，我不是傲嬌，我就是這方面特別的遲鈍。

還有就是「樣樣通、樣樣鬆」：表面上我好像博學之士，什麼都懂、什麼都能講，卻都只是膚淺的皮毛，或是無用的冷知識，其實沒有自己真正專精的領域。每次講到語文或是自然，聽的人或許是虛心受教，我自己則很「心虛」，把許多東西化繁為簡的講出來，不是因為我已廣泛了解而提煉出精華，而是我真的只能用這麼簡略而淺近的方式表達，但求不要有大錯而誤導人家，如果有人以為我真的很有學問，那真是天大的誤會了！

還有一項更多人認為的就是「看什麼都不順眼」：年輕時候就是憤世嫉俗，總覺得公理正義不彰，必須大聲疾呼，讓世界變得更好。隨著年紀漸長，當然不再那麼天真魯莽，卻還是無法忍受弱智跟理盲的言論，總忍不住要譏諷一番……這個陳年老毛病即使沒有讓我「以言獲罪」，至少是「樹敵無數」——我估計全臺灣至少有五百五十萬人討厭我，只不知道一次被這麼多人討厭，有沒有機會列入世界金氏紀錄？

還有一點遭詬病的就是「不知道哪一句話是真的」：這話聽起來感覺我就是個職業騙子，其實是因為我愛開玩笑，想像力又豐富，很多別人的故事或者自己的遭遇，我總是添油加醋、誇張渲染，就當作在創作小說一般的表達。有時候就會讓人在驚訝之餘，不免懷疑其中真假；而且又往往發現果然是假的，難免會覺得被騙了，有點失落感。

不過這些虛構的情節純粹只是趣味，在現實上不會有任何妨礙，也不會傷害任何人，至於辨識的方法也很容易：只要追問我一句「真的嗎？」而我回答是真的，那就絕對可以相信，即使內容匪夷所思——別忘了世界上真的有許多不可思議的事，而這些正是我的「收集品」，十分樂於跟人分享。

至於說我「只愛玩不愛工作」：那我完全「認罪」絕不辯駁。朋友都知道打電話來跟我談工作的事，我往往意興闌珊；但只要一講到去玩，我立刻興高采烈，並且馬上開始進行策劃──人到這個世界上來，不就是來玩的嗎？雖然說工作是為了讓你活著，但活著如果只有工作，那又有什麼興頭？如果說為了積累玩的本錢（包括時間和金錢）而努力工作，那還有點意思；如果竟然連工作都好玩（當國家公園解說員就是這樣），或者可以把玩當工作（就像我當地下領隊帶人出國），那真的是十分幸運了，也難怪我樂此不疲。

反正沒什麼人會懷念自己做過的工作（或許可憐的工作狂除外），但是一定會懷念自己玩樂的時光、遊玩的地方，更忘不了合得來的玩伴──我們「玩家俱樂部」一群人在一起玩了二十幾年，對我來說也算是今生輝煌的紀錄，比起排行榜或收視率，這不是更讓人得意的事嗎？

好吧，或許我就是這樣一個「沒救的傢伙」，這樣的我過了這樣的一生，內容豐富到甚至可能超過某些人的兩輩子，我真的真的是不虛此行了。對於我的這些毛病，我可以用「當之無愧」來形容嗎？這樣是不是有點「厚顏無恥」了？──對對對，也有人說「厚臉皮」是我的一大特點，嘻嘻。

意料的結局

2021/10/5

天氣晴，

空氣不予置評

就乖乖的接受呀，就早早的安排呀，就盡量不要有未竟的遺憾、未了的心願，不要死得慌亂不甘，而要死得從容安祥……

我們從來沒有真正關切過死亡，因為死亡離我們實在太過遙遠。

九一一事件死了三千多人、波灣戰爭死了二十五萬人，美國因為新冠肺炎死了七十萬人*……

我們乍聽之下會有點難過，但也只是這樣而已，還是照常喜怒哀樂的過日子，因為那是人家的死亡，原本就跟我們無關。

若是離我們近一點，例如村子滅亡或列車翻覆，我們就會多些恐懼和憂傷，會多談論幾天，或許捐一點錢，然後還是漸漸淡忘……

除非是我們親近的人吧！這個死亡的分量就會大得多，我們的感情會更強烈些、生活更受到影響些、對死者的記憶會長久些……然後還是遺忘。

我的大舅和小舅都是英年早逝、令人不捨，他們的影像就停留在我最後的記憶裡，而記憶勢必日漸模糊，我當然也沒有感受到像他們家人那樣的痛。

外婆生前在病榻上癱瘓十年，父親則在晚年完全封閉自己，他們的離去對自己、對親人都是一種解脫。因此我只記得外婆美麗親和的面容，也記得父親的遺容十分安祥……我不能說為他們的離去而歡欣，但幾乎沒有一點悲傷。

朋友的逝去則多是「聽說」的：

第一位是住在藝術街坊的一對小情侶，男友在工作中忽然中暑猝死，大家都無法接受，他的女友悲痛萬分。然而再怎麼不捨，也只能輕輕的給她一個擁抱：這是我第一次在生命中感受到死亡的幽微氣息。

第二位是女性朋友的丈夫，一個勤懇老實的小企業主，中年罹癌，治療無效……記得我最後一次巧遇他，是在一個火車站，他剛從南部休養回來，氣色稍有轉好，寒暄幾句、匆匆告別，不久就傳來他的死訊。

第三位則是好友的妻子，一個美麗賢淑的女子，記得他們來武陵時我還請他們吃飯，言笑晏晏，沒幾天卻聽說她車禍殞命。

我們常說「不能接受」，其實正確的意譯應該是「不得不接受」，我知道好友為此在無數個夜晚哭泣，我能做的也只是陪他出去走走，聽他訴說自己的妻子是一個多麼好的女人，悔恨自己沒有多加珍惜……我心中雖然惋惜，但更加在意好友能不能從悲痛中恢復過來、好好生活。

再親近一點的人就是我們「七姐妹」之一了：前一天還約好去野柳海邊玩，第二天她說身體不適沒有到，大家也不以為意，回來就聽到她驟逝的消息，真的是青天霹靂。

我們同去探視她的父母，據說她將後事託付給我這個「大哥」，我當然還是盡量遵從她父母的意思，只是在挑選墓地時，揣測她的心意定了北海岸一塊風景優美之地。

說巧不巧，那個墓園印的型錄，封面照片就是那天她本來要我們同去的野柳風景，彷彿冥冥中她還是有跟我們同行。

後來姐妹們去玩如果經過那裡，也還會相約去看看她，陪她看海，然後就漸漸不再有人去了……我們終究得把對死者的記憶收藏起來，假裝若無其事的活下去。

至於最要好的知己過世，那真是莫大的折磨：我記得有一次好友們去她家探望，她在飯桌上突然發作，緊急送醫，險些在電梯裡就離開了我們——死神果然是這樣的猝不及防！

還有一次我去醫院偷偷接她出來。開車到一個荒涼的海邊，她也不太能下來走路，甚至對話都有點吃力，我們就這樣靜靜的看著荒涼的沙灘，好像要看到天荒地老，有一種完全被世界遺棄的感覺……

最後一次到醫院探視，她已經病危陷入譫妄，說是看見金色的雙龍盤旋，還有仙女要下來接她……我寧願這是真的吧！接她到另一個沒有痛苦的世界，也可以解除身邊每個人的悲傷。

後來在醫院旁的小教堂中我痛哭了一場，這是我第一次為死者而哭、為失去而哭、為抗議生命的不公而哭——但生命明明是很公平的呀！死亡是每個人都一定會得到的，或許有早有晚（但不管你何時碰到死亡，都會覺得它來得太早），卻無一能夠倖免……

這麼說來，人又有什麼好不甘、好不平的？

就乖乖的接受呀，就早早的安排呀，就盡量不要有未竟的遺憾、未了的心願，不要死得慌亂不甘，而要死得從容安祥——這也算人生最後的一場演出，多麼希望能夠華麗轉身、漂亮謝幕。

我此生於願已足，現在只希望能把最後這個課題做好，如果能死得如願以償、死得心滿意足，那就真的是不枉此生了！

或許還能到另一個世界和這些死去的親友重聚，敍敍往事、談談別後……那豈不是更加美好的情節，簡直要讓人迫不及待了？哈哈。

注：總計至二〇二一年十一月時，美國因感染 COVID-19 死亡者超過七十六萬人，且每日仍有一千例死亡數，故死亡數字仍在增加中。

給自己的錦標

2021/10/8

天氣灰晴

我還是要活得有滋有味、有聲有色、有說有笑……在比賽結束的哨聲響起之前，我都會恣意奔跑，而且說不定真的會——再進一球！

今天寫的是我最後一篇的日記。

本來日記應該寫滿一年的（至少以前的日記本都這樣設計），但今天剛好是我的生日，六十六年前我的生命因緣際會的出現，如今很可能要告一個段落——至少我做了最後的紀錄，也算是對我的人生有一個交代。我不是從艱苦日子中逃走的傢伙，我也沒有被命運給擊敗，我還在努力，而且盡量平靜的活著。

「病」即使除掉一些仍然是餘生所不可免，只要不讓我「病弱」就好：我可以從事最一般的活動，我的心智沒有因而被摧折。每天聽我和Jessy興高采烈做著Podcast的人，一定無法想像我有滿身的、無止境的病痛吧？

「痛」是日常，但我已學會不讓它變成「痛苦」，所以它僅是生理的基本反應而已，很難動搖我的意志、也無法危害我的心靈，我可以繼續做一個好人。

這個「好」是fine、是good、也是nice……至少我是這麼認為，病痛並沒有破壞我對這個世界的善意，也沒有阻止我繼續完成自己，我算是已經「行過死蔭的幽谷」，不再需要尋找綠洲。因為我在哪裡，我的身邊就是伊甸園。

沒想到我的口氣那麼大！這是不是虛張聲勢、「吹口哨壯膽」呢？但我覺得自己只是「見山又是山」，如今極目所見，無一不是好風景。

選擇日記寫到今天，另一個原因就是今天要回診看病理檢驗報告，也就是「宣判」的日子。

就像被法官宣判囚禁或者釋放，醫生今天也會告訴我：我的身體裡面是否還有敵人？而且這些敵人是我不打算處理的，它們可以對我的身體為所欲為，我也只能寄期望於體內「守城」的士兵，已經決定不去尋求任何「外援」。

最後究竟能「還我河山」或是「全面淪陷」呢？誰也不知道，或許老天爺還沒決定。因此我唯一的對策，真的就只有好好活，活一天算一天，而且活一天也就賺一天……臺灣男人的平均壽命雖然有七十六歲，但我當年為罹癌的朋友還願，已經「自願減壽」十年，所以如果我真的只能「享壽六十六歲」，那麼從明天開始，每一天都是多得的，豈不是應該竊喜？

我的心情異常平靜，真的不太在乎宣判結果。因為細菌、病毒和腫瘤已經為難不了我，疼痛和疲憊也已經是我的日常夥伴，「來吧命運！你還能把我怎麼樣呢？」如果你們一時還不能打倒我，讓我崩毀，那我就不客氣了：

我還是要活得有滋有味、有聲有色、有說有笑……在比賽結束的哨聲響起之前，我都會恣意奔跑，而且說不定真的會——再進一球！

而這本日記，就算是我厚著臉皮，自己頒給自己的錦標吧！

後記

這本日記救了我。

我根本沒想到這本日記最後會變成一本書，因為這一年以來，我完全不知道自己還可以撐多久。

當初是因為四百萬個B肝病毒、十四．五公分的肝臟腫瘤，以及突然而來的嚴重抑鬱症……「三病齊發」，徹底擊垮了我。

我除了身體的不適：嘴鹹、耳鳴、疼痛和疲憊之外，更嚴重的是心理上的自我懷疑、自我否定和自我放棄。

完全沒有了自信心，連上電視通告也擔心回答不出問題或自己講錯話，重複了無數次的演講卻講到自己幾乎昏倒，既埋怨自己為什麼這麼疏忽身體，也懊惱沒有規劃好財務接下來的生活該怎麼辦……不要說寫作了，往往連話都講不太清楚，很多字到了嘴邊偏偏說不出來，甚至懷疑自己也已經開始失智。

更可怕的是經常有輕生的念頭，每天每天就是想著怎麼去死，可以把保險金留給

Jessy——但又不能自殺，於是就想盡各種看起來是意外死亡的死法，不會被懷疑是自殺，又能盡快被找到屍體……簡直沮喪絕望到了地獄邊緣（得過抑鬱症的人才會知道我在說什麼，也才會相信，你應該慶幸從未落入這種深淵）。

這些身心的痛苦也沒有朋友可以傾訴（忽然發現就像我沒什麼錢一樣，我也沒什麼朋友，還有還有，我這一生也沒什麼成就），最後想到了寫日記這個辦法。

一方面透過這些文字去面對艱難困苦，思考生老病死的課題，重塑可以對抗命運的人生，至少至少，還能寫一些意思完整的句子，證明我還有一點用。

證明自己的存在價值是非常重要的！那時候即使在身心極大的痛苦下，我還是每天堅持擺好沙發和臥榻上的所有抱枕，每一個遙控器都好好的收在盒子裡，掛在浴室的毛巾也都整整齊齊……這一切看似並不重要的細節，只是為了堅持自己的心智還沒有垮掉，生活還沒有崩潰，我還活著。

開始寫日記非常艱難，短短幾百字就覺得無以為繼，但也要硬是把它寫完，好像「一千零一夜」裡的典故，我要是哪一天寫不下去，就要被死神抓去砍頭了。

總算有幸能夠持續了下來，但是文字完全沒有修飾，敘述則是絕對真實——畢竟這和一般寫作不同，即使是非虛構的散文，因為你寫時心中有讀者，一定會考量讀者對你的感受與評價，你不會毫無保留的呈現自己，尤其是極其隱私，或者人性幽暗的一面。

我都自覺要死了當然無所顧忌，日記也不是寫來給人看的，何止毫無隱瞞毫無誇張，我甚至連一個字也未曾修改，真真實實的記錄下原汁原味的自己，也幫我更了解自己這個人，又透過自己更了解了這個世界，也想辦法弄清楚人生到底是怎麼回事。

寫日記對我是一種療癒，也是一種救贖。

我幾近絕望的對抗身體的病痛，但並未放棄救回自己潰散的心理……我這樣寫日記簡直就像是在汪洋大海的孤島上，發出一小聲微弱的吶喊而已，怎麼可能引來任何的援救？而這什麼都沒有的島，顯然也給不了能讓我活下去的庇佑。

後來我把日記寄給了出版社的信宏，我總得要有人聽一聽我的聲音，何況他是對我目前十幾本著作最熟悉的人，我好像在海灘上放出了一個又一個的「瓶中信」，也不敢期待有人前來救援，只想知道我唯一還能創造的這些文字，到底有沒有價值、有沒有意義？

回信很快就來了！在震驚之餘，信宏也十分肯定這些文字（或許他原先只是為了幫我打氣），而且評析的頭頭是道，說服了我這些東西是值得繼續寫下去的，甚至將來都可以結集出版。

我啞然失笑，第一不知道還有沒有力氣寫下去，第二更不知道還能活多久，出版這本日記那還真是比冥王星更遙遠的夢想，但是我的確得到了繼續寫日記的微小動力。

而且寫著寫著，透過不斷的跟自己對話，不斷的解析我的人格與個性，反思自己荒謬的人生，察覺眼下落入的困境，也對生老病死、人的存在價值，乃至人類命運做了自以為是的思考和剖析。我還是不知道自己講的有沒有價值、有沒有意義（因為即使到準備把日記付印的現在，唯一的讀者還是只有信宏，這也是我堅持請他為這本書寫序的原因），總之我抑鬱的狀況逐漸好轉，後來日記也就不用天天寫了，甚至很久想起來才寫一篇，內容也可以寫的比較多，語氣也不再那麼沉重，甚至會出現帶著戲謔的文字——那個走丟的我似乎回來了！寫日記這件事好像真的解救了我。

抑鬱大致是控制住了，除非某一天我忽然預感很low，否則已經不需要服藥。對於身體的不適，我則透過心理來度過：例如嘴巴又鹹了，我就去找各種零食來吃，好壓下這個鹹味，感覺這就是我的「口福」，順便幫我增強營養和抵抗力。

耳鳴如果忽然嚴重，我就想怎麼蟬鳴成了工廠的機械聲，也慶幸怎麼之前好長一段時間耳鳴都沒有發作，真是賺到了！

身體的痠痛反正都是原因不明，那就拉筋、泡澡、拍打、按摩……樣樣都來，能減多少痛就減多少痛，尤其剛開始比較嚴重，Jessy每天要用竹棍敲我兩百下，簡直是「棒打薄情郎」，我非但不能控訴她家暴，事後還要大喊：「打得好！」

至於疲累就讓它疲累吧！反正我也沒有正經工作，想躺就躺、想臥就臥，閉上眼睛聽聽Podcast然後睡著也不錯……完全服從自己的身體之後，身體好像也不太會來為難你了。

甚至我學會了接受自己的命運：從抑鬱症逃脫出來的時候，我也沒有特別慶幸，還好像若無其事，簡直像是打過了「抑鬱症疫苗」，不再害怕確診，至少不會重症。

體內的B肝病毒從高達四百萬隻，大約半年多就驟減到幾乎沒有，連醫生都覺得不可思議，我卻沒有特別興奮。只因為確定自己有了心理的防禦能力：病毒沒了當然最好，假如改天它們又捲土重來、大軍壓境，我也覺得沒什麼好怕，就算是「開門揖盜」好了，我自信已經找出跟病毒和平相處的方法（我還有一篇日記是跟它們道歉，畢竟它們也只是一群努力想活下去的小生物而已），「殺不死我的，必將使我更強大」。

所以對最後已經移除的腫瘤，我也不關心它們還有多少「餘孽」在我體內，反正我不會為了挽救自己的生命而去傷害自己的身體（對不起了，各位古道熱腸的醫生），我會盡量平靜的過日子，如果實在承受不了就採用安寧治療，心平氣和的接受自己「從無到有，又從有到無」的、再自然也不過的生命歷程。

我因為走投無路，進入雪霸國家公園擔任解說員而有了第二段人生，這一次「三合一」的疾病攻擊讓我死去活來、死裡逃生，對人生有了完全不同的體會和對待方式，感覺自己已經到另一個level去了（雖然不見得是進階版），可以算是我的第三段人生。

能像我這樣「活三次」的人應該不多吧？我真是一個超級幸運的人——尤其幸運的是有Jessy在我身邊，得知「噩耗」之後她非常平靜，只有關切不顯擔憂，默默的守著我，讓我知道自己不是一個人面對困苦，也在我幾乎要放棄抵抗時，輕聲細語的陪我聊上幾句，「沒事的，安心。」她從來沒這麼說過，但只要在我身邊，她就能給我這樣的感覺，也是默默支持我的最大力量。

這期間我們還是免不了偶爾的齟齬，此時意志薄弱的我難免在日記上有所怨尤——這當然不公平，所以在這本「絕對誠實」，既沒有修飾也沒有修改的書裡面，唯一有可能被我自動刪除的極少數章節，那就是會傷害到她的部分。請讀者自行想像，也請讀者多加體諒，畢竟會在這荒涼世界陪我繼續走下去的，也只有她一個人而已。

感謝上天讓我有她、讓她有我。也感謝上天讓我會寫作，能夠一生賴此過活，而且最後還靠寫作救了自己。感謝所有的讀者，即便我生死未卜，透過這本日記我多多少少也活在了各位的心裡。其實你最終必將把我忘記，但至少和我一起見證了文字的力量——我這輩子，沒白寫、更沒白活！

這確實是我的「餘生日記」，也很可能是我的「最後書」，但大家也不用在心裡幫我舉辦告別式，我們永遠不知道命運之神會玩什麼把戲，說不定我的「餘生」還很長（不是說好人不長命、禍害遺千年嗎？），說不定我還會出版下一本書（真的是一把辛酸淚、滿紙荒唐言！），那就只好請大家多多包涵、多多接納，畢竟這年頭能夠「死去活來」的人不多。

苦苓作品集 13

最後書：苦苓的餘生日記

作　　者—苦苓
主　　編—陳信宏
責任企劃—吳美瑤
校　　對—王瓊苹
封面設計—Ancy Pi
版型設計—FE設計
排　　版—極翔企業有限公司

編輯總監—蘇清霖
董 事 長—趙政岷
出 版 者—時報文化出版企業股份有限公司
一〇八〇一九臺北市和平西路三段二四〇號三樓
發行專線—（〇二）二三〇六六八四二
讀者服務專線—〇八〇〇二三一七〇五・（〇二）二三〇四七一〇三
讀者服務傳真—（〇二）二三〇四六八五八
郵撥—一九三四四七二四　時報文化出版公司
信箱—一〇八九九臺北華江橋郵局第九九信箱
時報悅讀網—http://www.readingtimes.com.tw
電子郵件信箱—newlife@readingtimes.com.tw
時報出版愛讀者—http://www.facebook.com/readingtimes.2
法律顧問—理律法律事務所　陳長文律師、李念祖律師
印　　刷—勁達印刷有限公司
初版一刷—二〇二二年一月十四日
定　　價—新臺幣三八〇元

時報文化出版公司成立於一九七五年，
並於一九九九年股票上櫃公開發行，於二〇〇八年脫離中時集團非屬旺中，
以「尊重智慧與創意的文化事業」為信念。

最後書:苦苓的餘生日記/苦苓著.-- 初版.-- 臺北市:時報文化出版企業股份有限公司,2022.01
280面；14.8×21公分. --（苦苓作品集:13）
ISBN 978-957-13-9806-8（平裝）

863.55　110020684

ISBN 978-957-13-9806-8
Printed in Taiwan